うつろがみ

平安幻妖秘抄

三好昌子

角川文庫

22040

目次

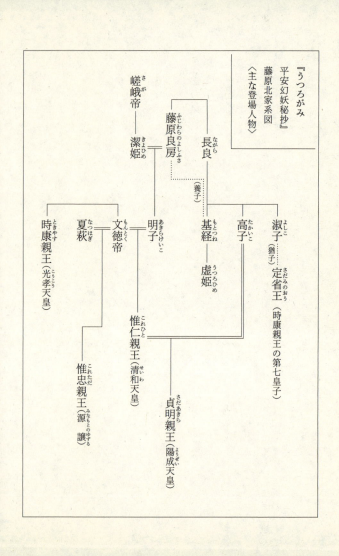

『うつろがみ 平安幻妖秘抄』
藤原北家系図
〈主な登場人物〉

長良《ながら》

藤原良房《ふじわらのよしふさ》

嵯峨《さが》帝

潔姫《きよひめ》

（養子）

淑子《よしこ》

（猶子）

定省王《さだみのおう》（時康親王の第七皇子）

高子《たかいこ》

基経《もとつね》

虚姫《うつろひめ》

明子《あきらけいこ》

文徳《もんとく》帝

夏萩《なつはぎ》

時康《ときやす》親王（光孝《こうこう》天皇）

惟仁《これひと》親王（清和《せいわ》天皇）

貞明《さだあきら》親王（陽成《ようぜい》天皇）

惟忠《これただ》親王（源《みなもとの》　譲《ゆずる》）

雨の章

其の一　白鷹《はくよう》

母は夜毎、箏《こと》を弾いた。亡き父を想って弾いているのか、その音色を聞く度に、小石でも飲み込んだように喉《のど》のあたりが苦しくなった。父は彼が二歳の時に身罷《みまか》っていた。あれから三年が経とうとしている今も、母はしばしば泣くように箏を奏でた。

ある夜、彼は大きな白い鳥を見つけた。

その鳥が鷹《たか》であることを、幼いながらも彼は知っていた。乳母《めのと》に連れられて行った寺の襖《ふすま》に、鷹の絵があったからだ。

春の宵だった。紅の花を幾つもつけた梅の枝の陰で、白鷹は月光に融け込むように、静かに耳をそばだてていた。

声をかければ、自分の近くまで来るのではないか、そんな気がした。それほど、鷹には警戒する様子がなかった。

母が亡くなった夜も、白鷹は梅の木の枝にひそりと止まっていた。

やがて、白鷹は枝から飛び立ち、彼が縋《すが》り付いていた簀子《すのこ》縁《えん》の高欄《こうらん》に降り立った。琥珀色《こはくいろ》をした目がじっと彼を見つめていた。時折、小首を傾げるように動かす仕草が、彼を案じているようにも見えた。

「私の願いを聞いてくれるか」

彼は白鷹に問いかけた。

鷹は両の翼を広げ、大きく胸を膨らませる。

「私の名は惟忠《これただ》。惟忠親王と呼ばれている。願いを叶《かな》えてくれるなら、必ず礼をする」

――承知した――

突然、頭の中に声が響いた。

――ならば……――

其の二　虚姫《うつろひめ》

元慶《がんぎよう》八年（八八四年）、四月二十日の朝だった。雲に覆われた空を眺めながら、源《みなもとの》譲《ゆずる》は妙な胸騒ぎを覚えていた。

年始を迎えた頃から天候不順が続いている。三月には常住寺《じようじゆうじ》に落雷があり、講堂や金堂が焼失した。つい先日も、都は雹《ひよう》に見舞われた。人心の乱れも激しく、夜盗が跋扈し、暴徒と化す者もいる。

譲は、昨年の秋の除目《じもく》で、東北の鎮守府《ちんじゆふ》副将軍から検非違使《けびいし》の少尉《しようじよう》を命じられていた。年が明けてからの数か月、都の警備に追われ、夜もろくに眠れぬ日々を送っている。

さらには、ここ最近は咳逆《がいぎやく》（流行性感冒）も流行《はや》り始めている。この病は体力のない者の命を奪う。そのため朝廷は飢餓に苦しむ者たちに、幾度も施粥《せがゆ》を行った。

それでも、死者は増えるばかりだ。

（京もまた戦場だな）

譲は暗澹《あんたん》とした気持ちで胸の内に呟《つぶや》いた。

戦っても戦っても終わりが見えない。それは彼がいた東北の戦場も同じだった。

鎮守府は、元々陸奥国《むつのくに》の多賀《たが》城に置かれていた。延暦《えんりゃく》二十一年（八〇二年）、更に北方の陸奥六郡に胆沢《いさわ》城が築かれて後は、そこが鎮守府の拠点となっている。

元慶二年（八七八年）の出羽《でわ》国で起きた蝦夷《えみし》の反乱の折、譲は鎮守将軍小野春風《おののはるかぜ》に従って秋田城に入った。乱の鎮圧後は、副将軍としてほぼ六年間を秋田城で過ごした。東北の地では、今もって蝦夷との睨《にら》み合いが続いている。

「そろそろ御仕度を……」

声が聞こえた。見ると、従者の安倍真継《あべのまつぐ》がそこにいた。

安倍真継は、出羽国の豪族、安倍真雄《あべのまお》の長男だった。秋田城にいた頃から側に置いている。年齢は二十三歳。二十八歳の譲にとっては、弟のような存在であり、もっとも信頼のおける部下であった。

「為斗《いと》はいかがした？」

譲の身支度を手伝うのは為斗の役割だ。その姿がないことを不思議に思ったのだ。

為斗は真継と共に出羽から連れて来た娘であった。京へ来た当初は、よほど都の風物が珍しかったのか、真継と連れ立っては、よく大路や小路《こうじ》を歩き回っていた。東西の市に買い物に行くともなれば、下女と共に自らも足を運んだ。

ところが、日を追うごとに、為斗の出歩く回数が減り、しだいに元気もなくなっている。故郷が恋しくなったのか、と案じてはいたが、如何《いかん》せん、京に戻ってからの譲はあまりにも多忙で、ゆっくり話を聞いてやる暇もなかった。

為斗は元々蝦夷の村の生まれだ。元慶二年の三月、俘囚《ふしゅう》と呼ばれる秋田城支配の十二の蝦夷の村が、独立を求めて蜂起《ほうき》した。その乱の折、捕えた俘囚の中に為斗はいた。腕の良い弓使いで、子供ながらも立派な戦士であった。

戦で父と二人の兄を亡くした。処刑される恐怖もあったのだろうが、朝廷側の武官等を睨みつけていた憎悪の籠《こも》った眼差《まなざ》しを、譲は今でもはっきりと覚えている。

──見せしめのため、処刑せよ──

権守《ごんのかみ》の藤原保則《ふじわらのやすのり》は、そう譲に命じた。しかし、譲は命令に従わなかった。幾ら戦闘に加わったとはいえ、相手はまだ十二歳の子供なのだ。

譲の嘆願に、鎮守将軍の小野春風が後押しをしてくれ、辛うじて助命が叶った。

為斗は恩義を感じたのか、譲に仕えることを望んだ。為斗の家族や仲間の死に関わったことで後ろめたさを感じていた譲だったが、結局、為斗を侍女として側に置くことにした。

それでも、蝦夷の娘を都へ連れて来ることには躊躇《ためら》いがあった。未《いま》だに戦の火種は燻ぶっている。都人から敵意を向けられないとも限らなかった。

為斗は今年で十八歳になった。小鹿のような大きな目をした美しい娘に育っていた。

「何やら、気分がすぐれぬようです」

為斗の代りに、譲の衣服を整えながら真継は言った。

「病ではないのか？」

不安を覚えたのは、京を席捲《せっけん》している咳逆が頭をよぎったからだ。

「咳《せき》はなく、高熱が出た訳でもありませぬ。ただ胸のあたりが妙にざわつき、気分が良くないというので、しばらく臥《ふ》せっておるように申しておきました」

「では、後ほど見舞っておこう」

だが、すぐに真継はそれを止めた。

「まだ病ではないと言い切れませぬ。譲様にうつってはならぬので、今はお会いにならぬ方が良いかと……。為斗もそうして欲しいと申しております」

「うつる病ならば、とうにもうつっておろう」

「そうかも知れませぬが、譲様は我らのみならず、京にとっても大事な御方です。くれぐれも油断はなさらぬよう」

「検非違使の少尉ごときが、それほどに大事か？　そなた面白いことを言う」

呆《あき》れていると、真継は真顔になってかぶりを振った。

「都の警固のため、昼も夜も問わずに自ら先頭に立って働いておられます。検非違使の姿を見れば、都人は安心いたします。悪事を考える者も思い留《とど》まる筈《はず》です」

譲が京に赴任して真っ先に行ったのは、検非違使の人数を増やすことであった。それを早朝から夕刻まで警固に当たる「朝凪《あさなぎ》」と、夕刻から翌朝までの「夕凪《ゆうなぎ》」の二つの組に分けた。

揃いの白い武者装束の彼等の姿を見て、人々は安堵《あんど》する。夜は夜で、闇に浮かぶ白装束は、悪心を持つ者等への警告となった。

部下に休息を取らせるための組み分けであったが、譲自身は朝から深夜まで、彼等と共に行動していた。それが、検非違使の士気を高めるのにも役立っているようだった。

金のある土倉や酒屋、また貴族の屋敷が襲われるだけでなく、些細な事から諍《いさか》いが起こり、時にはそれが凄惨な事件に繋がる。突然、気が触れたように暴れる者も、しばらくすると大人しくなり、己がなぜそれほど怒りを感じていたのか、全く思い出せなくなる。

(何か尋常ではない事が起こっている。まるで都に吹く風に人を狂わせる何かが潜んでいるようだ)

とは思うが、未だに見当もついていない。

この時、譲は、為斗が蝦夷の間で「神女《しんにょ》」と呼ばれ、特別な力があると言われていたことを思い出した。

(もしや、為斗の不調は、その辺りに関わりがあるのやも知れぬ)

胸の内で呟いた時、真継が急《せ》かすようにこう言った。

「そろそろ出立なさいませぬと、大臣様《おとど》がお待ちかねにございます」

「ああ、そうであったな」

一層、空を覆う雲が重く感じられた。今日は、関白太政《だいじょう》大臣、藤原基経《ふじわらのもとつね》から、直々に呼び出されていたのだ。

譲の屋敷は六条万里小路《ろくじょうまでのこうじ》にある。東側を鴨川《かも》が流れていた。都の外れではあったが、近くに東市《ひがしのいち》もあり、本来ならば多くの人で賑《にぎ》わう場所だ。

それが、病が流行り始めたこともあって、今では人通りもすっかり減っていた。その中を検非違使の役人等が数人ずつに分かれて行き交っている。すでに「朝凪組」に交代している時刻だ。馬上の譲に目を止めた者が、次々に頭を下げて行く。

「基経殿の御用とは、なんであろうか」

道すがら、譲は馬の轡《くつわ》を取って歩いている真継に言った。真継は振り返ると、まずは主人の不安の原因を探ろうとでもするように譲の顔を見つめた。それから、再び歩を進めながら、丁度さし掛かっていた西洞院大路《にしのとういんおおじ》で馬の鼻先を北へと向けた。

ここからまっすぐ北上し、二条《にじょう》大路に出れば、関白太政大臣藤原基経の広大な屋敷に突き当たる。

「大臣様を、怖れておられるのですか」

相変わらず真継ははっきりと物を言う。しかも結構鋭い。その利発さと嘘偽りのない態度は好もしくもあったが、時には少々腹も立った。

「私が基経殿を怖れていると言うのか？」

「出羽と都では、譲様の敵の質が違います」

真継は視線を前に向けたまま答えた。

「出羽では、蝦夷の首長等を相手していれば良かったのです。彼等の望みは実に分かり易い。重い税はかけないこと。無理な労役はさせないこと。公平に扱うこと。彼等が蝦夷であったとしても、人として話は通じます」

「都の者は人ではないのか」

皮肉交じりに譲は問いかける。

「譲様にとっては、朝廷に深く根付き、強い権力を振りかざす者の方が、人ではない何か別の恐ろしき魔物に見えるのでございましょう」

「その魔物の親玉が、藤原基経殿という訳だな」

娘を帝《みかど》の妃《きさき》にすることで外戚《がいせき》となり、帝も朝廷も意のままに操る藤原基経。その手腕には、先代の良房《よしふさ》を彷彿《ほうふつ》とさせるものがある。たとえ同族と雖《いえど》も容赦なく陥れ、踏みつぶしてまで、権力の座を昇りつめようとする執念は、到底、譲には理解できそうもなかった。

「藤原良房殿には、時の帝も相当手を焼いていたな」

文徳《もんとく》帝の第四皇子であった惟仁《これひと》親王は、良房の娘、明子《あきらけいこ》を母に持ったことで、三人も兄がいるにも拘《かか》わらず帝位に即いた。これにより、良房は外戚として摂政の地位を得た。

惟仁親王（清和《せいわ》天皇）は十七歳の時に、八歳年上の高子《たかいこ》を妃にした。高子は基経の妹に当たる。高子が貞明《さだあきら》親王を産んだことで、さらに良房の地位は確かなものになった。

良房が亡くなった後、惟仁親王は二十七歳の若さで退位した。良房の養子として藤原氏を継いでいた基経にまで、良いように操られるのに疲れ果ててしまったのだろう。

高子の産んだ貞明親王（陽成《ようぜい》天皇）は、貞観《じょうがん》十八年に九歳で即位している。

その帝もまた、今年、十七歳の若さで帝位を退いた。

皇太后の高子と伯父の基経の不仲もあったようだが、若さゆえか、それとも、よほど基経に抑えつけられた鬱憤《うっぷん》が溜《た》まっていたのか、貞明親王はあまりにも素行が悪かったらしい。

都の中で馬を疾走させたうえに、東西の市で暴れ回り、果ては禁中において、腹心であった臣下まで殺害したという。

見かねた基経が帝に譲位を迫り、代わって、今年の二月、文徳帝の弟である時康《ときやす》親王（光孝《こうこう》天皇）が帝位に即いていた。

基経の異母妹の淑子《よしこ》は内侍司《ないしのつかさ》の頭《とう》である尚侍《ないしのかみ》の任にあり、さらに主上の第七皇子、定省王《さだみのおう》を猶子にしている。主上は五十五歳だ。近々、立太子の話も出るだろう。

そうなれば、定省王が次の帝になるのは、ほぼ決まったようなものだ。

基経の望みは、定省王を帝位に即け、自ら政権を掌握できるよう計ることだ。十八歳という年齢の定省王に、幼帝に付く摂政は必要がない。直接、実権を握れる摂政と違って、あくまで補佐役でしかない関白の位に、果たして基経が甘んじられるかどうかだが……。

「先日、少し耳に挟んだのですが……」

ふいに真継の足が止まった。

「十日ほど前、基経様のご息女が、賊に攫《さら》われたとか……」

「そのような話、聞いてはおらぬぞ」

譲は驚いて問い返していた。太政大臣家の姫が拉致《らち》されたというのに、検非違使《けびいし》には何の知らせもなかったからだ。

「嵯峨野《さがの》の寺に躑躅《つつじ》見物に出掛けた帰りを襲われたとか……」

「警備の侍はどうしたのだ？」

「お忍びであったので、警護もさほど付けてはいなかったようです。あまりにも仰々しいと、却《かえ》って高貴な方であることを教えるようなものですから……」

「では、賊は基経殿の姫とは知らずに攫ったのか？」

「さあて、それは、なんとも……」

真継もそこまでは知らないようだ。

「それで、姫はどうなったのだ？」

「陰陽寮《おんみようりよう》に占わせて、京の西の外れにある山で囚《とら》われの身になっていると分かり、基経様が密《ひそ》かに衛府《えふ》の武官を差し向けたそうです」

娘はすぐに見つかり、無事に屋敷に連れ戻すことができた。

「当然のことながら、基経様は、この件を内密にしておられます。私は厨《くりや》に出入りする青物売りから聞きました」

行商人はあちこちの屋敷の厨に顔を出す。どんなに隠そうとしても、誰かが何かを口にする。わずかな情報でも、繋《つな》いで行けば事件に結びつくことがあるのだ。

「姫は今年十三歳になるそうです。定省王の年齢は十八歳。基経様は、姫をこの親王の妃にと考えていたようです。攫われたとあっては、良からぬ噂も立ちまする。基経様としても醜聞は避けたいところなのでしょう」

「これから捜索に行け、と言われるならばともかく、戻っているのなら検非違使に用はあるまいに」

おかしな話だ、と譲は首を捻《ひね》った。

「そう畏《かしこ》まらずとも良い。顔を上げよ」

一段高い座から、藤原基経の声が降って来た。平伏していた譲は、その声を合図に、ゆっくりと太政大臣の顔を見上げた。

今年四十九歳の基経は、上背のある恰幅《かっぷく》の良い身体つきをしていた。ふっくらとした頬に山羊髭《やぎひげ》を生やし、堂々としたその態度は、およそ帝よりも帝らしい。高子と淑子、この二人の妹の力に支えられて、彼は今この地位にある。

「そなたの武勇は聞いておる。先年の秋田城での活躍は、それは目覚ましいものであったそうな。小野春風殿も褒めておられた」

「あの乱が平定できましたのは、大将軍の陣頭指揮によるもの。私は、それに従うたまでにございます」

「謙虚なことよのう」

感心、感心と基経は何度も頷《うなず》く。その様子がどことなくわざとらしい。

「それに『凪組《なぎぐみ》』とやらの話も聞いておる。都の治安をそなたに任せたのは、まことに良い判断であったようじゃ」

「お褒めに預かり恐縮にございますが、未《いま》だに思うような成果を上げてはおりませぬ。何しろ、突然に人が暴れ出すというのが……」

と言いかけて、譲は口を噤《つぐ》んだ。

まるで言い訳をしているように思えたからだ。

「ところで、職務に不満はないか？」

その時、いきなり基経からそんな言葉が投げかけられた。

「いったい、何をおっしゃっておられるのやら……」

分からなかった。今の都の現状を問いただし、なんとかしろと叱られるのであれば、まだ納得が行く。

「身分は正五位下というのに、官職が鎮守府の副将軍や、検非違使の少尉《しょうじょう》では飽き足らぬのではないか？」

再び基経は問うて来る。

話を理解するのに、しばらく時が要った。

確かに正五位下は、左右の近衛府《このえふ》の少将でもおかしくはない身分だ。検非違使の少尉の職位ではあまりにも低い。

「自ら望んだ職にございます。出羽国では蝦夷《えみし》を抑えるのが役目にございました。京に戻るのであれば、都人を守るのが私の天職と考えたまでのこと」

「出世は望まぬと？」

「己の身の丈に合《お》うた職を、精一杯務める所存にございます」

「なるほど。そなたを検非違使の要に推した小野殿の言われる通りじゃ。勤勉にして実直、これほど信頼に足る人物はおらぬとな」

「私を呼ばれた理由を、お聞かせ下さい。そろそろ出仕せねばなりませぬゆえ」

太政大臣《だいじょう》が一武官を褒めるためにわざわざ呼びつけるなど、到底あり得ない。

「出仕はせずとも良い」

基経はきっぱりとした口ぶりで言い切った。

「そのように、わしが手筈《てはず》を整えておいた」

何が何でも用件を聞け……。（つまり、そう言うことか）と譲は胸の内に呟《つぶや》く。

「実は、先日、姫が危難に遭《お》うた」

基経は前のめりになると、声を潜めるようにしてそう言った。基経側ではひた隠しにしていた話だ。すでに真継から聞かされていたが、さすがに「知っている」とは言えなかった。

「賊に攫われたのだが、幸い二日後には無事に連れ帰ることができた」

「賊どもを、いかがなされました？」

姫が戻ったのであれば、賊は捕まっている筈《はず》だ。だが、未だに刑部《ぎょうぶ》省の牢《ろう》に入れられた形跡がない。

「近衛府で処理をした」

基経は宮門警固の衛士《えじ》を使ったのだ。位の高い貴族はよく私用で衛士を使う。特権のようなものだ。

「賊など、どうでも良い」

基経は片手で払う仕草をする。

「それよりも、よほど怖い思いをしたものか、以来、姫の様子がおかしゅうなった」

と、基経は父親の顔になる。

「ぼんやりとして一言もしゃべらぬようになった。人もあまり近づけようとはせぬ。そうかと思うと……」

何かを言いかけてから、基経は急に険しい顔で黙り込んだ。よほど口にしたくはないらしい。

「わしはもう心配で心配で……」

何があるにせよ、父として娘の身を案ずるのは当然であった。

「陰陽寮の者を呼んで占わせてみた。すると……」

基経はその細い目を見開いた。

「『これは姫であって、姫にあらず』、とこう申すのだ」

「つまり姫の形《なり》をしていながら、姫ではないと？」

怪訝《けげん》な思いで、譲は問い返す。

「何やら別の物が、姫の中に入り込んでおると言うのじゃ」

「物の怪《け》にでも取り憑《つ》かれているとおっしゃるのですか」

「姫の魂はそこにはなく、どこか別の場所をさ迷うておるらしい。そこで……」

と、基経は大きく息を吐いた。

「陰陽師《おんみょうじ》が、姫の姿をしたモノに問うてみた」

それまで視点の定まらなかった姫の眼差《まなざ》しが、スッと動いた。姫は筆を取ると、紙の上に何やら書きつけた。

「これが、姫に取り憑いた物の怪の書いたものじゃ」

基経は一枚の紙を譲の前に置いた。そこには「これただしんのう」の文字が見えた。

「物の怪は、そなたを名指ししたのじゃよ、惟忠殿」

譲は無言になった。しばらく間を置いてから、基経の顔をまっすぐに見る。

「その名を持つ者は、この世にはおりませぬ」声音を強めてきっぱりと言い切った。

基経は口元にわずかな笑みを浮かべ、山羊髭を片手でしごいている。

「そなたの気持ちは重々分かる」

基経は訳知り顔で頷いた。

「わずか二歳にして父君である文徳帝を、五歳の折には母君まで失い、元服の際には臣籍に下られた。その辺りの事情はわしも知っておる」

譲には四人の兄皇子がいた。惟喬《これたか》親王、惟条《これえだ》親王、惟彦《これひこ》親王、そして、惟仁親王だ。

文徳帝自身は、第一皇子の惟喬親王に譲位したかったらしい。実際、惟喬親王を推す臣下も多かったようだ。

惟喬親王と惟条親王の母親は、紀静子《きのしずこ》だ。静子の父親は、正四位下《しょうしいのげ》右兵衛督《うひょうえのかみ》紀名虎《きのなとら》だった。身分は更衣《こうい》であったが、譲の母である夏萩《なつはぎ》が現れる前までは、文徳帝にもっとも寵愛《ちょうあい》され、二人の親王と三人の内親王を産んでいる。

惟喬親王が帝位に即けば、紀氏が外戚《がいせき》として力を持つ。良房としては、そこはどうしても譲れなかったようだ。

文徳帝は強引な良房のやり方に嫌気がさしたのだろう。良房の娘である女御《にょうご》の明子をさらに遠ざけるように、受領《ずりょう》の父を持つ夏萩を、ことのほか愛するようになった。

元々夏萩は、女房として明子に仕える身であった。明子は、嵯峨帝の皇女、潔姫《きよひめ》を母に持っている。その誇りの高さが、余計に夏萩への憎しみを募らせたのだろう。

夏萩が亡くなった時、譲は五歳であった。その辺りの記憶が、そこだけ切り取られたように消えている。

母は病のため、口から血を吐いて死んだと聞かされていた。明子からいろいろと酷《むご》い仕打ちを受けたために、命を縮めてしまったのだ、と。

母の血を浴びた箏《こと》は、形見として今も譲の許《もと》にある。苦しみのあまり引き千切ったのか、手前から二本目と三本目の弦が、今も切れたままになっている。

その箏を見るたびに、譲の胸は引き裂かれそうに痛む。母の苦痛と無念が、未だに箏に留《とど》まっているようで、目にするのも辛い。二本目は「為《い》」の弦、三本目は「斗《と》」の弦であった。

「そなたも、いろいろと苦労があったであろうが……」

上辺だけは同情する素振りで、基経は言葉を続けた。

「その埋め合わせもしようと思うておる。無事に姫を元に戻してくれるなら、望み通りの地位を約束しよう。検非違使《けびいし》などではなく、いっそ、左近衛府の大将はどうであろうか」

左大将格は、武官としては最高位に当たる。

「検非違使で出世するよりも遥《はる》かに高い位だ」

どうやら基経は譲が検非違使の少尉に甘んじているのは、職そのものに不満があるからだと考えたようだ。譲が己の立場を僻《ひが》んでいるとでも思ったのかも知れない。

「私のような若輩者には、今の地位すらもったいのう存じます」

それが素直な気持ちであった。他の皇子《みこ》たちのように、学問や風雅を極める道もあったのだろうが、譲が選んだのは武官であった。

「なるほどのう、噂に違《たが》わず欲のない方じゃ」

基経は大きくため息をついた。それから急に涙声になった。

「じゃがのう。まさか、そなたは、姫が若い身空でこのような不運に見舞われておるのを、見過ごしたりはするまい？」

「それは……」と言いかけて、譲は言葉を呑《の》んだ。

姫は確かに哀れではあった。賊に攫《さら》われただけでも怖ろしかったであろうに、今は魂がどこかの宙空をさ迷っているという。

しかし、幾ら考えても、それが自分の役目とはどうしても思えないのだ。基経の一声で、屈強な衛士を幾らでも動かせる。陰陽寮《おんみようりよう》の博士らに祈禱《きとう》をやらせることもできるだろう。

(なにゆえ、私なのだ)

どうも納得が行かない。

本当に姫に取り憑いている物の怪は、譲の名を書いたのだろうか……？

「不服のようじゃな」

基経は不満の色を露《あらわ》にして言った。譲は慌てて深く頭《こうべ》を垂れた。

「かような大事な任には、私などよりも、もっと相応《ふさわ》しい人物がおられる筈……」

「そなたにとっては、我が藤原氏は仇《かたき》も同然であったな」

疑念に満ちた声が、譲の身体に重くのし掛かって来る。譲が聞いているように、夏萩の死の原因が、明子にあると考えているのだろう。

「滅相もございませぬ」

たとえそうであったとしても、直接手を下された訳ではない。譲の立場で、恨みなど言える筈もなかった。

「いと、とか申したな」

突然、基経の口から為斗の名が飛び出した。譲は驚いて顔を上げた。

「蝦夷《えみし》の娘じゃとか。女ながらに朝廷に逆ろうた謀反人と聞いた。その娘の命乞いをしたばかりか、そなたは屋敷に置いているそうな。俘虜《ふりょ》ならば端女《はしため》にでもすれば良いものを、侍女同然の扱いじゃとか」

譲は口を閉ざした。事実であったからだ。

為斗は蝦夷の神女だ。彼等にとって、神女の力は大きい。十二歳やそこらの娘が先頭に立つだけで、士気は上がり民兵は勇猛な戦士となった。

朝廷軍はその兵に随分苦しめられた。為斗は、戦神、摩利支天《まりしてん》の化身とまで言われ、大和《やまと》の兵に恐れられたのだ。

だからこそ、為斗を処刑にせよと言う声が多かった。譲はそれを必死で撤回させた。

小野春風が味方をしてくれなければ、それも難しかったに違いない。

権守《ごんのかみ》、藤原保則は、為斗の処刑に前向きであった。その保則は基経の縁戚《えんせき》に連なっている。基経の知らぬ話ではなかったのだ。

「今すぐに衛士を送って、娘を捕縛させても良いのだぞ。蝦夷の俘虜ならば、我が屋敷の奴婢《ぬひ》にしよう。見目が良ければ他に使い道もある」

「どうかご容赦を……」

額を床にこすりつけるようにして、譲は懇願していた。

「そなたしだいじゃと、言うておる」

基経は声の調子をやわらげた。

「そなたが、姫を元に戻してくれれば良いだけじゃ。わしは蝦夷の娘になど関心はない」

譲は改めて基経の顔を見た。基経の顔が陽炎《かげろう》のように揺らいでいる。一見柔和な顔に、険しく睨《にら》みつけるような顔がぼんやりと重なっていた。

（この男も、二《ふた》つ顔か……）

いつの頃からか、譲は人の顔に、もう一つの重なる顔を見るようになった。どんなに穏やかな顔立ちの者でも、その重面《じゅうめん》は全く逆の意思を示している。人の死を悼む涙を流しながら、重面はほくそ笑む。表の顔と心の顔。都の者には、そういった二つの顔を持つ者が多かった。

なぜ、そんな物を見てしまうのかは分からない。子供の頃は重なる顔が怖かった。だが、やがてそれは警告だと気がついた。

幼くして母を失った譲は祖父母に育てられた。祖母が亡くなり、十二歳で祖父まで他界してしまうと、彼は一人になった。

先の帝《みかど》の遺児だったためか、後見人を志願する者も現れた。元服後には娘の婿にと望む者もいた。だが、その誰もがことごとく二つ顔だった。

譲には、六条万里小路の屋敷と幾つかの荘園が残されていた。彼等の狙いは譲が引き継ぐ財産であったのだ。

ただ一人、彼を親身に心配する者がいた。祖父と親交のあった小野春風だ。春風には重なる顔などなかった。だからこそ、譲は安心して春風の指示を仰ぐことができたのだ。

譲の元服も春風が仕切ってくれた。源籍に下るよう勧めてくれたのも春風だった。

二つ顔の者には関わらぬこと。譲が都を避けたのも、武官を選んだのもそのためだ。よほど出世欲に凝り固まった者でない限り、武人に重面を持つ者はいなかった。その意味では、まさに都は二つ顔の巣窟《そうくつ》であったのだ。

「それにのう……」

譲が無言でいると、基経はたたみかけるようにこう言った。

「娘は知っておるのか？　そなたが、その……」

と言いかけて、基経は一旦言葉を切る。

「娘の父と兄を……」

「微力ながら、お引き受けいたします」

基経の言葉を遮るように、譲は急いで答えていた。

基経は満足げに頷《うなず》いた。それから、ふと何かを思い立ったように、譲にこう言ったのだ。

「ところで、惟忠殿は、亡き御母君から、何か文《ふみ》などを預かってはおられぬか？」

「いえ、そのような物は……」

もはやこの場に居たくなかった。基経の言葉を聞き流すと、譲は早々に屋敷を後にしたのだった。


六条の屋敷に戻る間、譲は一言もしゃべらなかった。主人の思いを察したのか、真継も無言のままだった。普段ならば好奇心を剝《む》き出しにして、あれこれ尋ねて来るのだ。

藤原基経などとは関わりたくない。それが譲の本音であった。

惟仁親王が帝位を皇子の貞明親王に譲り、その貞明親王もまた、十七歳の若さで譲位を余儀なくされた。

夏萩を激しく憎み、譲の存在を疎んじていた明子は、母として、祖母として、皇太后、さらには太皇太后の位まで昇り詰め、五十六歳という年齢になった今では、実家の染殿《そめどの》屋敷で読経《どきょう》の日々を過ごしていると聞く。

今さら、譲に注意を向ける者など一人もいないと思っていた。

(物の怪《け》が私を名指ししただと?)

物の怪に知人などおらぬわ、と、譲は胸の内で毒づいた。

どこまでが本気で、どこまでが虚偽なのか。あくまで権力に固執する基経の思惑など、譲には分からない。しかも基経の重顔を見てしまった限りは、もはや油断はできなかった。

結局、基経は姫を譲に押し付けた。魂が抜けているばかりか物の怪が身中に巣くっているという姫を、太政大臣《だいじょう》邸に置いておくのは、やはり外聞が悪かったのだろう。

——人の口には戸は立てられぬ。そこでな、この虚姫《うつろひめ》をそなたの屋敷で預かって貰《もら》いたいのじゃ——

本来は美しい名があるのだろうが、基経はどこか怖ろしそうに、己の娘を「虚姫」と呼んだのだった。

屋敷に戻った譲を為斗が迎えに出て来た。

「起きていて良いのか?」

安堵しながらも身体を案じる譲に、為斗は笑みを見せながら答えた。

「慣れぬ都の暮らしに、少し疲れが出たのやも知れませぬ。充分休みましたので、もはやご心配には及びませぬ」

「それは良かった」と譲は頷いたが、心のわだかまりが顔に出ていたらしい。為斗はそれを目ざとく悟ったようにこう言った。

「出かけられた先で、なんぞございましたか」

譲はじっと為斗の顔を見つめた。やはり、まだ頬に血の気も薄く、起きられたからといって、気力が完全に戻っているとは言いがたい。為斗の不調の原因すら分からないのに、厄介ごとを引き受けてしまった己に、譲はやたらと腹が立った。

しかし、基経の口から為斗のことまで持ち出されては、断れる筈《はず》もない。

その板挟みで、譲の胸は騒めいている。

「私でお力になれることならば、なんでもお申し付け下さいませ」

為斗は譲の予想通りのことを言った。

「姫を一人、この屋敷で預からねばならなくなった」

　譲はゆっくりと言葉を絞り出す。

「身の回りの世話をする者がいるが、おそらく、そなたにしか務まらぬだろう」

「どういう御方なのでございますか」

　為斗は毅然《きぜん》とした態度で尋ねて来る。

「太政大臣家の姫なのだが……」

　一旦言葉を切ってから、為斗の顔を窺《うかが》った。

「物の怪に憑《よ》りつかれているらしいのだ。父親である基経殿ご自身も、何やら怖れているご様子。どうやら、そなたの力を借りねばならぬようなのだが……。病み上がりの身体には負担もあるのではないか、と案じてもいる」

「大臣様の御命令ならば、お断りする訳には行かないのでは？」

　すでに為斗は、京での譲の立場を理解しているようだ。

「そなたは蝦夷《えみし》の神女だ。その力がどういうものかは、私には分からぬが、相手が物の怪であるなら、そなたに頼るしかない。私の弓矢や太刀が役に立つとは思えぬのだ」

　為斗への心苦しさを感じながら、譲は為斗に頼み込んだ。

　為斗はしばらく譲の顔を見つめていたが、やがてきっぱりとこう言った。

「お命じ下さい、譲様。私はご命令ならば、どのような事でもいたします」

　どのような事でも……。

為斗は譲のためならば、危地にも迷わず飛び込むだろう。それが分かっているからこそ、譲はこれまで為斗に命令を下したことはなかった。むしろ、命を賭けてでも守ってやりたい、とも思う。それが償いになるのなら……。

「案ずるには及びませぬ」

為斗は葛藤している譲の胸の内を見抜いたようだ。

「蝦夷の神女は、弓矢や太刀よりも強うございます」

「いかにも、そうだ」と譲は笑った。

「そなたは、確かに強い」

為斗は自信有りげにニコリと笑うと、姫を迎える支度をするため、その場を去って行った。

為斗が姿を消すと、譲は真継を部屋に呼んだ。事情を話し、これからのことを相談するためだ。

真継はさっそく大臣家の様子を話し始めた。

「薪《まき》割りをしていた下人を手伝いながら、傍らの井戸端で女どもが小声で話しているのを聞きました」

——何やら呆《ほう》けた様子で、一日中、庭を眺めておるのじゃ。瞬《まばた》き一つせずにな——

――人が側に寄るのを嫌がる。お世話ができぬゆえ、それはひどい有様じゃ――

――姫に取り憑いているのは、狸か狐じゃろう――

――いや、狼か山犬かも知れぬぞ。鳥獣の肉を好まれるゆえ――

――宴《うたげ》に用意した料理を、手当たりしだいに食い散らかしているのを見た者がおる。

まさに餓鬼《がき》の様であった、と――

「他にも、夜更けて姫の周囲を鬼火が飛び交っていたとか、その姿が、ぼうっと青白く闇に浮かび上がって見えたとか……」

「屋敷の者たちは、皆、姫を怖れているようだな」

「父親の大臣様も、相当持て余しておられるようです」

真継は憐《あわ》れむように言った。

「以前は、大層美しいとの評判の姫で、大臣様も掌中の珠《たま》のごとき扱いであったとか。せっかく姫が戻って来たというのに、ほとんど顔を見ようとはせぬそうです」

「しかし、次の帝の妃《きさき》となる大事な姫であろうに」

基経の狙いは、外威となって権力を握ることだ。

「それにしても、姫の魂を探せとは、大臣様も無理をおっしゃる」

真継は憤慨したように言った。

「これはどう考えても陰陽寮《おんみょうりょう》の仕事です。姫の中にいる物の怪が譲様の名を書いたというのも、信じがたい話です」

「断れない理由は、そんなことではない」

譲は暗い気持ちでかぶりを振った。

「基経は為斗の話を持ち出した。蝦夷の俘虜《ふりよ》でありながら、命を助けた上に優遇していると……」

言いかけて、ふと譲はあることを思い出した。

「先日、安倍真雄殿から、北方の情勢についての知らせが入っていたな」

出羽国の隣には、北に広がる蝦夷村と接している山北三郡と奥六郡があった。その国境で、しばしば争いが起こっているらしい。安倍氏や清原《きよはら》氏なども兵を送っているという。

「まだ小競り合い程度で済んでいるようですが、朝廷内でも蝦夷のことが話題に上っているのやも知れませぬ」

基経が為斗の話をしたのも、蝦夷との紛争が頭にあるからではないか、と真継は言った。

「それだけではない。基経殿は、私が為斗の父と二人の兄の命を奪ったことを知っている」

戦乱の最中であった。譲も必死だった。手ごわい相手であったが、蝦夷の戦士の一人と戦ってこれを倒した。改めて顔を見ると、まだ少年であった。直後、血相を変えた男が手斧《ておの》を振り上げて襲い掛かって来た。味方の矢に助けられなければ、譲の命はそこで尽きていただろう。

二人の面立ちはよく似ていた。兄弟なのはおおよそ分かった。さらに譲は族長と戦いこれを打ち負かした。族長が為斗の父親であり、二人の若者が兄であったことは、その後で知った。

譲が何としてでも為斗の命を救おうとしたのは、その負い目があったからでもある。為斗はそのことを知らないままだ。教えるつもりもない。親兄弟の仇《かたき》に命を助けられ、その上庇護《ひご》されることは、為斗にとっては耐えがたい屈辱に思えたからだ。

「大臣様は、周到に譲様の東国での行動を調べ上げているようですね」

「喜んで関白の耳目になる者ならば、幾らでもいよう」

まさに蜘蛛《くも》の巣に捕えられた気分だ。

「ならば、せいぜい姫の御世話をさせていただこう」

譲は観念すると、真継に命じた。

「市へ行って、山鳥と鹿の肉を買っておけ。まずはもてなしの用意じゃ」

その日の深夜、一台の牛車《ぎっしゃ》が屋敷の門前に止まった。譲は真継と為斗と共に、姫を出迎えていた。

松明《たいまつ》を頼りに、姫は牛車から降り立った。髪が乱れていることを除けば、さほど異様な姿ではない。ただ、譲の顔を一瞥《いちべつ》したその眼差《まなざ》しには、とても十三歳の姫のものとは思えない老成した光があった。

譲の後ろに控えていた為斗が、その瞬間、怯《おび》えたようにしがみついて来た。姫はちらりと唇の端にわずかな笑みを浮かべた。

「御案内いたします」と、真継が前に立とうとした時だ。姫は門を潜り抜け、まっすぐに庭へ向かって歩き出した。

この屋敷は、国司の任についた祖父が、任地で蓄財してから得た物であった。母が文徳帝の寵愛《ちょうあい》を受けるようになったことで出世を果たし、身分も従六位下から従五位上にまで上がった。敷地は二十丈平方で、一応、中流貴族の体面は保てる広さだ。

譲はここで育てられた。母が亡くなったのもこの屋敷だ。祖父母が他界してからは、地方官の任についていたこともあって、あまり手入れをしていない。荒れた雰囲気が漂い、夏草も生い茂っている。

その中を、虚姫は平然と突っ切って行く。東の対屋《たいのや》の辺りに来ると立ち止まり、後を追って来た譲に向かって対屋の扉を指差した。

まるで「ここが良い」とでも言っているようだ。

「なりませぬ」

すかさず断った。そこは譲の母の居室であった。母が亡くなってからは締め切っている。

「姫の部屋は、他に用意してございます」

だが、姫は対屋の前から動こうとはしない。

「どうか、頼みまする」

譲は姫の前に頭を下げた。そのまま姫を見上げるが、無言で譲を見つめているその様子から、果たして言葉が通じているのかどうかも分からない。

「これほど頼んでも、ここが良いと言われるのか」

譲は深い吐息をついた。

(やはり物の怪は、このような寂れた場所を好むのか)

ついに譲は根負けした。彼は簀子縁《すのこえん》に上がり、扉を開けた。何年も使っていなかったのでかなりの力が要ったが、間もなく戸はギシギシと軋《きし》みながら開いた。

長年の間に積もった埃《ほこり》と黴《かび》の匂いが漂っている。風を受けて揺れる几帳《きちよう》が、今にも破れそうだった。巻き上げられていた御簾《みす》を垂らすと、中ほどからばさりと千切れて落ちた。

調度品はすべて昔の姿を留《とど》めていた。母の愛用していた蒔絵《まきえ》の化粧箱も、角盥《つのだらい》も、衣装を入れた唐櫃《からびつ》も残っていた。

衣桁《いこう》の横には、母の形見の、「為」と「斗」の弦の切れた箏《こと》が立て掛けてあった。

あらゆる記憶が、一瞬の間に譲の脳裏を駆け抜けて行った。母を失った悲しみ、母を苦しめた者への怒りや憎しみ……。それらをすべて忘れようとして、ひたすら武官の道を突き進んで来た日々……。

虚姫はそんな譲の想いなど構う風もなく、古びた几帳に囲われた張台《ちょうだい》に横たわった。

気がつけば、すでにかすかな寝息を立てている。譲は改めて部屋の中を見渡した。開け放った遣戸《やりど》の向こうには、若草の匂い立つ闇がある。二十日の月は雲に隠れて見えない。

譲は唐櫃の中から母親の衣装を取り出して、姫の身体を覆ってやった。

「調度を新しくせねばならぬな」

思わず呟いた時、「譲様」と囁く声がする。見ると、庭先の暗がりに真継と為斗が立っていた。

「姫は、いかがされました？」

為斗が控えめな口ぶりで尋ねて来る。姫の世話を引き受けながら、譲に任せてしまったことを恥じているようだ。

「すでに眠っておられる。頑固ではあるが、怖れるほどのことはない。今宵は私が伽《とぎ》をしよう。そなた等は休むが良い」

二人を去らせた後、姫を守るつもりで縁先に腰を下ろした譲は、思わず小さく笑っていた。

己が今、守ろうとしているモノが、決して自分よりも弱い者ではなかったことを思い出したからだ。


「御主人様……、譲様、起きて下さいませ」

揺り動かされて、譲はハッと目を開いた。周囲がうっすらと明るくなっている。

為斗が不安げな面持ちで譲の身体を揺すっていた。どうやら縁で夜を明かしたらしい。

板の上で寝たので、少々身体の節々が痛かった。

譲はうーんと大きく伸びをする。

「あの者をいかがなされます？」

「そなたならば、あの姫に取り憑《つ》いている物の怪《け》の正体が分かるのではないか」

為斗は几帳へ視線を向けた。人の気配など全くない。起きているのかいないのか、声をかけたところで、おそらく返事はないだろう。

「何者かの魂が、姫の身体に入り込んでいるのです。姫の魂は全く感じられませぬ」

──これは姫であって、姫にあらず──

確か陰陽師《おんみょうじ》の託宣もそうであった。

「何が姫に巣くっているのだろうか」

再び問うと、為斗はやや困惑したように小首を傾げた。

「古き神霊の類《たぐい》ではないかと……」

「よくは分からぬのですが、神女の力でなんとかならぬか」

「神女の役割は、神と人との仲立ちにございます。神霊を操ることなどできませぬ」

「では、その神霊とやらに身体を奪われた姫はどうなるのだ」

「強い神霊を入れていれば、身体はたちまち衰え弱り、命も尽きてしまいましょう。

そうなれば、幾ら姫の魂を呼び戻したところで、もはや器となる身体がありませぬ」

「ならば一刻も早く、その神霊を追い出さねば……」

「逆にございます」

為斗は強い口調で譲の言葉を遮っていた。

「先に魂を戻さなければ、神霊が離れたその瞬間に、姫は命を落としてしまいます」

「まずは、姫の魂を探し出さねばならぬのか」

いったい、どのようにして……？

為斗に問いかけても無駄なのは一目で分かった。蝦夷《えみし》の部族の間で祀《まつ》られていた神霊とは大分毛色が違うのが、為斗の様子からも窺《うかが》えた。

「このような姫でも、世話を頼めるか？」

為斗が傷つけられることはないだろうか、と、譲は不安になる。

「これは私の役目にございます。お任せ下さいませ。もう怖れる気持ちはありませぬ」

きっぱりとした声音が心強い。

「目覚められたら、身仕舞をして差し上げよ。今のままでは、あまりにもお気の毒だ」

「承知いたしました」

そろそろ屋敷の者も起き出す頃だ。

譲は家人を呼ぶと、庭の草取りを命じた。端女《はしため》には、肉の料理と姫のいる対屋の掃除を命じた。

「湯浴みの後は、掃除が終わるまで、私の部屋で休んでいただくように」

それから文《ふみ》を一通したためると、真継を呼んだ。

「これを、左近衛府《さこんえふ》の少将殿に渡して貰《もら》いたい」

左近衛府の藤原時満《ふじわらときみつ》少将とは、六年前の蝦夷の乱で、共に戦って以来の付き合いであった。年齢は譲よりも二歳上の三十歳だ。大柄で体格もよく、力も強い。槍《やり》を持たせれば、おそらく彼の右に出る者はいないだろう。

戦場でも幾度か危ういところを助けられた。譲の数少ない友人の一人だ。武功を認められ、その後は左近衛府で順調に出世している。

「久しぶりに酒を飲みたい。是非、おいで願いたいと伝えてくれ」

姫の救出に際して、藤原基経は左近衛府の衛士を動かしている。時満ならば、詳しい事情を知っている筈《はず》だった。


為斗は立派に役目を果たしてくれた。身支度を済ませて、譲の部屋に連れて来られた姫は、誰の目にも物の怪憑きとは思えぬほどの美しい姿をしていた。

薄紅の衣の上に蝉の羽を思わせる生絹《すずし》を着ている。黒々とした長い髪が、表着《うわぎ》の裾《すそ》に重なるように広がっていた。

大人しく几帳の陰に入る様もなんら遜色《そんしょく》はなく、「姫ではない」という言葉がまったく愚かしく聞こえるほどだった。

「幼子のように、お身体を委《ゆだ》ねて下さいました」

基経の屋敷では気味悪がって、誰も世話をする者がいなかったのだろう。それとも、やはり為斗のような者にしか、側には近づけないのかも知れない。

「先ほど、醬《ひしお》に浸けて焼いた山鳥と鹿肉の羹《あつもの》を、お召し上がりになりました」

少なくとも今は空腹ではないようだ。突如、物の怪の本性を現して、がぶりと喰《く》われる怖れはなくなった。

「ですが……」

為斗はふと眉《まゆ》のあたりを曇らせる。

「箸《はし》が使えぬようです」

すべて手づかみで食べたのだと言う。

高貴な姫のそのような様を見せつけられれば、基経の屋敷の者もさすがに驚き怯《おび》えたことであろう。

その光景を思うと、ふと笑いが込み上げて来た。あの傲岸不遜《ごうがんふそん》な基経が、姫の醜態を見てどれほど慌てたことか……。その姿を思うと、なんだか小気味良い。

為斗が怪訝《けげん》そうな目で譲を見ていた。譲はコホンと咳払《せきばら》いでごまかした。

確かにこれは太政大臣《だいじょう》家には一大事であった。娘に家名を託して、権力の座に就いて来た藤原氏にとって、肝心の姫が物の怪憑きでは、入内《じゅだい》はおろか、どこにも嫁がせようがない。

それを思えば、姫は確かに哀れであった。しかも、為斗の話では、姫の身体は次第に弱って行くというではないか。

まだ十三歳になったばかりの、花開く前の蕾《つぼみ》のままで人生が終わってしまうなど、決してあってはならないことだ。

（なんとしてでも、助けてやらねばなるまい）

そう強く心に思った。基経ではなく、姫のために……。

姫を居室に送り届けた為斗は、譲が軽い朝餉《あさげ》を済ませた頃に再び戻って来た。相変わらず、空はどんよりと曇っている。今にも雨が降り出しそうだった。今年はどうやら梅雨入りが早いようだ。

「姫の様子はどうなのだ」

「几帳の陰で大人しくされております」

「退屈してはおられぬか」

「それが」と、為斗は首を傾げる。

「何やら楽しげなご様子で……」

「見たのか」と問うと、「いいえ」とかぶりを振る。

「几帳の向こうの様子は見えませぬが、そのような気がするのです」

「何がそんなに楽しいのだろう」

対屋《たいのや》の奥に籠《こも》り、たった一人で几帳に囲われた中にいて、楽しめることがあるのなら知りたいものだ。

「聞いておられるようです」と為斗は答えた。

「この屋敷内で語られることを、すべて聞いておられるのです」

噂話から、ちょっとした諍《いさか》いや揉《も》め事、色恋沙汰《ざた》……。

「ならば、私とお前がこうして話していることも？」

「おそらく……」

しゃべらないのは人の言葉が分からぬからか、とも思っていたが、どうやらそうでもないらしい。

「それにしても、姫ではないというのなら、なんと呼べば良いのやら……」

「虚《うつろ》の人の身体に取り憑《つ》いているのです。『虚神』とでもお呼びすれば良いかと」

虚神……。物の怪《け》と呼ぶよりはましだろう、と譲は思った。

其の三　策謀

その夜、藤原時満は、最高の酒を携えてやって来た。

「都で一番ということは、国で一番美味《うま》いということだ」

熊を思わせる豪放な態度で、気の好《い》い、生まれながらの武人は笑った。この男に重なる顔は見えない。真継や為斗と同じで、譲が身構える必要は全くなかった。

「そなたのことだ。都にいては退屈なのではないか」

「そうでもないぞ」

譲の言葉に、時満は生真面目に応じる。

「都の方が、訳の分からぬ不穏な空気に満ち満ちておる。秋田城におった時の方が、むしろ安穏としていられた」

おそらく、それは本心なのだろう。

「目に見える敵ならば、幾らでも戦える。怖ろしいのは目に見えぬ敵よ。退屈などしておる暇はない」

「それは、政権争いのことを言うておるのか？」

先帝の無謀な振舞いに業を煮やした基経が、帝《みかど》を退位させた経緯《いきさつ》はすでに聞いている。

「他に何がある」

譲の問いかけに大きく頷いて、時満はさらに言葉を続けた。

「基経殿としては、淑子殿の御猶子の定省王を、次の帝にしたいところであろうが、何しろ、上には六人の兄君がいて、それぞれの皇子《みこ》を推す向きもある。あまり強引に事を進めれば、藤原基経といえども、いつ足を掬《すく》われるか分からぬ」

「定省王に譲位させるために、時康親王を帝にしたのであろう」

「それを面白く思わぬ者もいる」

藤原良房と基経の前に、屈した家門は多い。その中には同じ藤原氏の南家《なんけ》、京家《きょうけ》、式家《しきけ》の三家も入っていた。

「皇太后の高子様も、貞明親王の譲位には未《いま》だ納得してはおられぬ御様子。いずれにせよ、まだ一波乱も二波乱も有りそうな気配だ」

「酒でも飲まねばやっておれん」と、時満は立て続けに三杯の酒を飲み干した。

「我ら武官には関わりはあるまい」

するると、時満はじろりと譲を横目で見た。

「そなたは地方職が長過ぎたゆえに、そんな呑気《のんき》なことが言えるのだ」

なんだか不満げな顔だ。

「京官職にあるとな。誰が次に力を持つか、それぱかりを気にせねばならぬ。目下のところ藤原基経に力があるが、藤原氏は北家一門の内部で、互いに足の引っ張り合いをやっておる。もし謀反の動きでもあれば、手足となって働かされるのは、我ら衛府《えふ》の武官なのだ。生き残る側に取り入ることができれば、出世も思いのまま、となれば、上の者等も他人事《ひとごと》と言うてばかりもおれぬ」

時満には、検非違使とはまた違った苦悩があるようだ。

「基経殿の姫が攫《さら》われたと聞いたのだが……」

譲が本題に入ろうとすると、時満はその太い眉をグッと寄せ、睨《にら》むように譲を見た。

揺れる灯《とも》しの明かりに照らされて、ただでさえ強面《こわもて》なのが、さらに怖ろしげに見える。

「その話、どこで聞いたのだ？」

「口止めなどしても、幾らでも人の口の端《は》に上る、と言いたいところだが……」

譲は時満の鬼面に、自分の顔を近づける。

「実は太政大臣殿から、元の姫に戻せと命じられた」

「あれは、しかし……」

時満は大仰な仕草でのけ反った。

「何やら物の怪が憑いておると言うではないか。陰陽師《おんみょうじ》に任せるならばともかく、なにゆえ、そなたに押し付けるのだ」

「こちらが知りたい」

譲は少々自棄《やけ》気味になって酒をあおる。

「姫を捜し出したのは左近衛府《さこんえふ》の衛士《えじ》だと聞いた。もしや、そなたが関わっているのではないか、と思うてな」

「聞きたいこと、とはそのことか」

「秘密裏に動いたのなら口外できぬであろうが、そこは我らの仲だ。詳しい話を聞かせては貰《もら》えぬか」

時満の杯を持つ手が止まった。その顔には恐怖に似たものが浮かんでいる。

「いったい何があったのだ。いいや、何を見たのだ」

相手があの虚神なのだ。時満の見たものをどうしても知りたい。

「できれば、忘れてしまいたかったのだが……」

しばらくしてから、やっと時満は重い口を開いた。

「姫は賊に攫われたのではない」

それはおよそ譲にも想像はついていた。群盗が狙うのに、太政大臣《だいじょう》の屋敷は大きすぎる。

「基経に恨みを持つ者の仕業か」

「まあ、そういうことだ」

と、時満はごくりと酒を飲むと杯を置いた。

「貞観八年の応天門《おうてんもん》の火災を覚えておろう」

それは十八年ほど前のことだった。譲は十歳ぐらいであった。深夜、禁裏の辺りで燃え盛っていた炎は、六条の屋敷からもよく見えた。天にまで届きそうな火の柱が、まるで火炎の龍《りゅう》のようで、とても美しかったのを覚えている。

「あの後が、大変だったのだ」

時満は話を続けた。

右大臣の藤原良相《よしみ》と大納言の伴善男《とものよしお》は、放火が左大臣源信《みなもとのまこと》の命によるものだと主張した。源信は冤罪《えんざい》を訴え、太政大臣の藤原良房は目撃者を探させた。その目撃者は、火付けの犯人が伴善男の息子、中庸《なかつね》であると証言した。

「結局、事の真相は分からぬままだ。伴善男は最後まで罪を認めなかったが、中庸共々流罪になった。なぜか官吏の紀夏井《きのなつい》、豊城《とよき》の兄弟までが処罰されている」

当時、時満は左近衛府の衛士になったばかりであった。まだ下っ端であったので、犯人の捕縛に駆り出されて、右往左往させられたのだという。

「左大臣の側と右大臣側で、互いに犯人は自分ではなく相手だと言い争っているのだ。そんな折に、都合良く目撃者が現れた。それも、藤原良房の差配によるものだ。当時の私にはよく分からない話であったが、年配の衛士等は、藤原良房による、政敵を倒すための謀りごとではないか、と噂していた」

「さして根拠もないまま、源信を犯人にしようとした右大臣側も、日頃から対立する左大臣を潰《つぶ》すために放火事件を利用しようとしたのだろう。藤原良房は、それを逆手に取って、相手を破滅に追いやったのか……」

「それだけならば、紀氏の兄弟まで巻き添えにすることはあるまい」

時満は苦い顔で、再び杯に手を伸ばす。

「当時、清和帝は十七歳におなりだった。外戚《がいせき》である良房に政権を握られたままでいるのは不本意であったのだろう。地位は低くとも有能な官吏を多く重用し、自らの身辺に置こうとされていた。紀氏の兄弟はまさにその先鋒《せんぽう》であったのだ」

「良房は帝に釘《くぎ》を刺したのだな」

それと同時に、右大臣藤原良相を失脚させた。良相は良房の実弟でもあった。当時、良相の娘が、清和帝の妃《きさき》となっていた。その娘が男児を産み、東宮《とうぐう》ともなれば、権力が良相へと移行する。そこで良房は先手を打ったのだ。

「そうやって、追い落とされた者たちの身内やら従者の中には、未だに良房の一族を恨む者もいるだろう。二十年近く経ったところで、その怨念《おんねん》は熾火《おきび》のように燃え続けておるのだ」

「今回の拉致《らち》騒ぎは、その者たちの仕業であると言うのか」

時満は返事の代わりに大きく頷《うなず》いてみせる。

「しかし、太政大臣家の姫を攫うなど、あまりにも大胆すぎるぞ」

命知らずにもほどがある。

「問題なのは、裏で彼等を動かした人物だ」

時満は眉根《まゆね》を寄せ、声を潜めた。

「どうやら、上皇がやらせたらしい」

「陽成上皇が？」

譲は一瞬声を失ってしまった。

「基経殿に譲位を迫られたことへの嫌がらせだろう。姫を攫い、数日どこかに閉じ込めて、怖ろしい思いをさせたかったようだ。姫が定省王の女御《にょうご》になるとの話を聞いて、醜聞を作り、基経殿の思惑を断念させようとでも謀ったのだろう」

上皇としては、他に基経に対抗する手段がなかったのかも知れぬ、と譲は思った。父親の清和帝と同じで、帝位に即いたところで、政権に携ることは許されなかった。やり場のない不満や怒りを晴らそうと、散々好き放題をした結果、今度はその行動を咎《とが》められ、譲位させられてしまった。

あるいは、それこそが基経の計略であったのかも知れない。基経は元々、あの虚《うつろ》の姫を陽成帝の妃にしようとしていた。それを頑強に許さなかったのは皇太后の高子だ。娘が陽成帝の妃となって男児を産めば、基経はその皇子を帝《みかど》の後継にして、いずれは自ら摂政の地位に就ける。

その思惑が、実の妹の裏切りによって崩されてしまった。そうなると、基経にとっては陽成帝の存在は意味がない。若い帝を追い詰めて、暴挙の限りを尽くすように仕向けたとしても、あり得ない話ではなかったのだ。

「基経殿は姫の居場所を陰陽師の卜占《ぼくせん》で知ったと言うが、その場所とはいったいどこであったのだ？」

「都の西南にある、『まどうやま』と呼ばれるところだ」

譲の戸惑いが分かったのか、時満はすぐに紙と筆を求めて来た。

時満は、紙に「魔道山」と書いてみせる。

「その山へ入れば、道を失い、迷った末に山に喰《く》われてしまうのだと、土地の者は言っていた。いや、心に迷いを持つ者が入れば、必ず道に迷う、だったか……」

時満は考え込む。

「とにかく『人を惑わせる山』なので、『惑いの山』。それがいつしか『魔道山』と呼ばれるようになって、何人《なんぴと》も近寄らなくなった。つまり『禁断の山』という訳だ」

「そのような場所に、姫はいたのか」

「山の麓《ふもと》に古い御堂《みどう》がある。そこに姫がいるという話であった。御堂は盗賊どもの隠れ家になっていたようだ。人が怖れて近寄らぬ場所は、奴等にとっても都合が良い。姫と姫を攫《さら》った者等は、知らずにその盗賊の巣に入り込んだのだ」

時満は衛士を引き連れて御堂へ向かった。そこで彼等が見たのは、姫を攫った者たちの死体であった。盗賊に襲われたのだろう。死体は五つほどあった。

「それで、姫は？」

焦りを感じて尋ねる譲をちらりと上目遣いで見て、時満はどこか怖ろしそうな顔でかぶりを振った。

「それが……、いなかったのだ」

たった一人、御堂の床下に隠れて難を逃れた者がいた。その男を引きずり出し、事情を聞いた時満は、盗賊に追われた姫が、その禁断の山に逃げ込んだのを知った。

「山の中へは、盗賊共もすぐには入って行けなかったようだ」

山に入るのを躊躇《ためら》う者もいたであろうが、何しろ太政大臣《だいじょう》家の姫君だ。身代金も半端ではない。

「盗賊共の後を我らは追って行った。木々の生い茂る道を登って行くと、開けた場所に出た。そこには……」

酒を一気にあおると、時満はヒソリと声を落とす。

「さらに死体の山があった」

十人ほどの盗賊共の屍《しかばね》が、それは無残な有様で転がっていた。

「どのような死に様であったのだ？」

「太刀でめった斬りにされていた。首だけでなく、腕や足を落とされた者もいた。命を奪うのが目的ではない。あれは、楽しんで人を斬ったものだ」

それきり、時満は押し黙ってしまった。

重く苦しい沈黙の中で、時満の激しい鼓動が聞こえて来るようだ。武勇で鳴らした男が、明らかに怯《おび》えている。

「その血溜《だ》まりの中に、ぽつんと姫が座っていた。頭からまるで水でも被《かぶ》ったように血に塗《まみ》れた姿でな。傍らには、血に染まった抜き身の太刀が落ちていた」

それが、虚神の為したことだと言うのだろうか……。

「姫がやったとは到底思えぬ。だが、姫に物の怪《け》が憑《つ》いているのならば納得が行く」

やはり、虚神は為斗が言うように、その「魔道山」の神霊なのだろうか。だとすれば、それはひどく凶悪な魔物だ。今の姫の姿からは想像もできない。譲には時満の感じた恐怖が、おぼろげに分かるような気がした。

「あの姫とは関わりを持たぬ方が良い。これは、そなたのために言うておるのだ」

心から案ずる様子で時満は言った。

譲にしたところで、望んで関わりたい訳ではない。しかし、為斗の行く末が掛かっているとなると、断れる話ではないのだ。

「それで、基経殿は上皇をどうするつもりなのだろう」

姫が無事であったにせよ、良からぬ醜聞はついてまわる。

「生き残りの男を取り調べて、詳しい事情は聞き出したらしいが、どうやら不問にするようだ」

「許すというのか？　あの基経殿が……」

譲は思わず声を上げていた。上皇と基経の仲を思うと、意外な気がしたのだ。

「事を大きくすれば、さらに姫に傷がつく。すべてをなかったことにするつもりなのだろう」

「何もなかったことにして、姫を定省王の妃にするのだな」

「さすがに、今回の件に、皇太后の高子様は言葉もないご様子だ。こうなると……」

時満はふうっと大きく息を吐く。

「基経殿は、高子様と上皇の弱みを握ったのも同然だ。もはや基経殿には逆らえまい」

一応は解決を見たようだ。後は元の姫に戻りさえすれば、すべてが基経の意のままに動く。

瓶子《へいし》がすっかり空になっていた。

「しばらく待っていてくれ」

譲は空の瓶子を手に、立ち上がっていた。

御簾《みす》を上げて縁に出た時だ。何やら風を斬る音が耳元を掠《かす》めた。咄嗟《とっさ》に譲は身体を反転させていた。その直後、背後の板壁に、一本の矢が突き立った。

譲はその場から飛びのいた。簀子縁《すのこえん》の高欄に、幾本もの矢が続けざまに突き刺さる。

「何者だっ」

譲は声を張り上げた。

異変に気づいた時満が、蠟燭《ろうそく》を持って現れた。明かりを向けると、庭の暗闇の中で、何やら濃い影が蠢《うごめ》いているのが見えた。

主の声を聞きつけて、真継が駆けつける。譲は太刀を手に庭へと降り立った。

「用件があるならば聞こう。いきなり矢を射るとは無礼ではないかっ」

返礼は再び矢の雨だ。

真継が譲を部屋の中へ押しやった。三人は戸板の陰に身を隠す。

「何事ですかっ」

夜番の郎党たちだ。彼等は手に松明《たいまつ》を掲げていた。

「賊が入った。捕えよ」

そう叫ぶと、譲は太刀を抜き放って庭へと飛び降りていた。

松明の明かりが揺れる中、刃《やいば》の切っ先が眼前に突き出される。咄嗟に太刀で払い、身を躱《かわ》して敵に斬り付けた。血しぶきが頬を濡《ぬ》らす。

手応《てごた》えを感じたが、黒い影はさらに数を増し、新たな敵の刃が頬を掠める。周囲に怒号と喧騒《けんそう》が入り乱れ、黒衣の敵を相手に刃を重ねる真継や時満の姿が、視界を過《よぎ》る。

乱戦になれば、さすがに敵も弓は使えなくなる。

松明が激しく揺れ、郎党等が敵を取り囲もうとしているのが分かった。

「譲様、ここは我らが食い止めまするゆえ、早く奥へ……」

真継の声が耳を突き刺す。奥の対屋《たいのや》には姫と為斗がいる。黒い影が数人、その方角へ消えて行くのが見えた。

すかさず追いつき、太刀を振るう。ここまでは明かりが届かない。雲に覆われた空に、月どころか星も見えない。闇夜の中、敵の息遣いだけを頼りに戦うしかなかった。噛《か》み合う刃の音と、ずしりと腕に響くその重み……。両足を踏ん張り、体勢を保ちながら戦っていたが、激しく刃を合わせた勢いに、譲の太刀が手から離れた。

譲は気配を頼りに、太刀を振りかぶって来る敵の腕を両手で捕えた。敵の身体を引き落とすと同時に、背後に回って腕を捻《ひね》り上げる。

「捕えたかっ」

声をかけて来た時満に、「逃がすな」と男を預け、譲は再び対屋へと走る。

姫の側には為斗がついている。戦士としての為斗を認めてはいたが、それでも不安は大きい。

対屋の辺りまで来ると、廊下に立つ為斗の姿が目に入った。為斗は弓を手にしている。

違和感を覚えたのは、勇敢な筈《はず》の為斗の様子に怯えがあったことだ。その理由はすぐに分かった。

為斗の前には姫がいた。

姫の片手が黒衣の男を捕えていた。男の身体は板壁に押し付けられている。姫よりも遥《はる》かに屈強そうな男が、身動き一つできずにいた。その右肩には、矢が深々と刺さっている。

姫の右手が別の矢を握っていた。

姫はその愛らしい唇に笑みを浮かべながら、矢の先を男の顔に向けている。まるで、次はどこを刺そうかと思案しているようだ。矢の先がゆっくりと上下する。

矢先は男の胸元から喉首《のどくび》へと移動し、やがて左右の目の辺りで止まった。右か左か、どちらの目を潰《つぶ》そうか……。そんな思惑が感じられた。

「お、御許し……くだされ」

ついに男の口から、啜《すす》り泣きの声と共に哀願の言葉が漏れていた。

「い、命ばかりは、どうか……」

――……命を奪うのが目的ではない。あれは、楽しんで人を斬ったもの……――

つい先ほど、時満から聞いた言葉が、譲の脳裏に蘇《よみがえ》る。その光景を眼前にした時満の胸の内が、今の譲には理解できた。

姫を追った盗賊たちも、この黒衣の男のように命乞《いのちご》いをしたのだろうか？

その揚げ句、腕を斬られ足を斬られ、苦痛にもがきながら、首を刎《は》ねられたのだろうか。

「なんと、酷《むご》いことを……」

思わず譲は呟《つぶや》いた。姫を止めようと思ったが、足が竦《すく》んですぐには動けなかった。

「もうおやめ下さい」

なんとか声が出た。姫は振り返ると怪訝《けげん》そうに譲を見た。

「この者等は私を狙ったのです。姫を傷つけるつもりはありませぬ」

そう断言できる根拠は、まだない。だが、今は姫を止めるのが先決だった。

ゆっくりと譲は姫に近づいて行った。心の中で、己が姫を恐れているのを感じた。

姫の傍らに寄り、そっと矢を取り上げた。姫は譲を見つめている。その眼差《まなざ》しの奥に何が在るのか、いったい、どれほど恐ろしい魔物が巣くっているのか、そう思った時、ふと姫の顔に悲しげな色が浮かんだ。

——我《われ》を、厭《いと》うておるのか？——

ふいにそんな言葉が頭に浮かんだ。

姫は男から手を離した。男の身体が崩れるように落ちる。姫は譲に背を向けると、さっさと自分の居室へと入ってしまった。

(今のはなんであったのだろう？)

問いかける暇さえもない。

足元では男が呻《うめ》いている。譲は男の肩に刺さった矢を引き抜いてやった。

「為斗、薬を持て」

凍りついたように固まっていた為斗が、弾《はじ》けるようにその場を離れた。

怪我の痛みよりも恐怖の方が勝ったのだろう。男の目はうろうろと宙をさ迷い、命を狙った筈の譲にしがみ付いて来る。

「お助け下さい。どうか、あの者から、お助けを……」

口の端から涎《よだれ》を垂らし、唾《つば》を飛ばして必死に訴えている。

後少し、譲がこの場に来るのが遅ければ、この男は片目を失っていたかも知れない。可憐《かれん》なあの姫が、まさかあのような行動に出るとは、彼等もまた微塵《みじん》も思わなかったに違いない。

「助けてやる。その前に、お前が何者か言うのだ」

「こ、くや。黒矢党……」

と、男はすぐに答えていた。

そこへ真継が現れた。

「大方の者は逃げましたが、三人、捕えております」

敵の死者は二人、郎党に怪我人は出たが命は無事だったと、真継は譲に報告した。

「捕えた者を問い詰めましたが、一向に口を割りません」

真継は腹立たしげに言った。

「拷問はできるなら避けたいのですが……」

と言いかけるのを譲は止める。

「無駄だ。最初から命を捨てる覚悟であろう。それよりも……」

譲は首を垂れ、縁《こうべ》に崩れるように座っている男に目をやった。未《いま》だ恐怖から覚めないのか、身体が小刻みに震えている。

「この者が語ってくれるだろう」

為斗が足早に戻って来るのが廊下の先に見えた。譲は真継に男の手当をするように命じた。

譲は一息つくと、時満の姿を捜した。

「これを見ろ」

時満が手に矢を持って現れた。譲に射かけられた矢だ。

「矢柄が黒く塗られている」

「捕えた男が、黒矢党を名乗っていたが……」

「黒矢党か。ただの噂だと思うていたが……」

時満は渋面になる。

「禁裏には、陰で動く警固役があると聞いたことがある。それが『黒矢党』だ」

「帝《みかど》の警固ならば、近衛府《このえふ》の役目だろう」

時満自身が、左近衛府《さこんえふ》の少将なのだ。

「いいや、黒矢党は衛士のように表立って動く者等ではない。しかも所属は内侍司《ないしのつかさ》だ」

帝の身辺の世話から秘書官の役割まで果たすのは「蔵人所《くろうどどころ》」だ。

蔵人所は主に昼間の勤務で、夜間ともなると女官等が世話に当たる。それが内侍司の役割であり、その長官が尚侍《ないしのかみ》だ。

「では、黒矢党は尚侍の命令で動いたと言うのか?」

譲は面食らうばかりだ。

「尚侍に命を狙われる筋合いはないぞ」

しだいに怒りが湧いて来る。

「今の尚侍は淑子殿だ」

淑子……。主上の皇子《みこ》を猶子にしているという、藤原基経の異母妹だ。

「余計に分からぬ」

譲は吐き捨てるように言った。

夜はすっかり更けていた。雨が降り始め、庭の闇に草が一層匂い立つ。姫の部屋から洩《も》れて来る蠟燭《ろうそく》の揺らめきが、わずかに二人を闇から隔てているだけだ。

「手当が終わりしだい、先ほどの男に問うてみよう」

譲の言葉に、時満は未だ緊張の残った面持ちで「話しておきたいことがある」と言った。

再び譲の部屋に戻ると、時満は酒の瓶子《へいし》を手元から放そうとはせず、淡々とした口ぶりで話し始めた。

「実は、太政大臣《だいじょう》と定省王の仲が、あまり良くないのだ」

「しかし、基経殿は定省王の立太子を望んでいたのではないか」

「本来ならば、定省王が帝位に即くことなどあり得ない」

今上帝の時康親王は、貞明親王の父、清和帝の叔父《おじ》に当たる。つまり定省王はこれまで傍系であったのだ。

貞明親王が帝位に即いたのは、わずか九歳の時だ。これにより、基経は摂政となり政権を一手に握った。

帝となった貞明親王は、基経の傀儡《かいらい》として生きることを余儀なくされた。成人しても政権は手に入らない。父親の清和帝がそうであったように、和歌や管弦に酔い、風雅を愛《め》でるだけの人生となる。

皇太后の高子には、それが甚だ不満であったのかも知れない。夫も息子も、所詮《しょせん》は基経の傀儡……。その思いが、基経の娘の入内を拒ませた。

傍系であったがゆえに、定省王の方が貞明親王よりも気ままに生きられた。

「定省王は学問に秀でた御方で、当代きっての学者等を師に仰いでいると言う。基経殿は、それが気に入らぬのだ」

時満は声を潜め、さらに言葉を続けた。

「成人された定省王が帝になっても、基経殿は関白の位に就くだけだ。こうなると、姫を妃《きさき》にして男児が生まれるのを待つしかないが、案じられるのは、聡明な定省王が文人官僚を多く登用してしまいかねないことだ」

「学者の意見を聞き、善政が行われると、基経殿が権力を掌握できぬということか」

「基経殿にとっては、幼帝を立てられぬならば、暗愚の帝を置きたいところであろう」

「それが基経殿の思惑だとしても……」

譲は首を傾げる。

「なにゆえ、私が淑子殿に命を狙われねばならぬ」

「さあ、そこだ」と、時満は身を乗り出した。

「朝廷の参議の席で、このところそなたの名前が度々浮上しているらしい」

思いも寄らない言葉に、譲は啞然《あぜん》とする。

「基経殿の胸の内には、そなたの復位があるのではないか」

「まさか、いくらなんでも……」

譲はすっかり呆《あき》れ果てていた。

「太政大臣殿に『まさか』はない」

時満は瓶子から、じかにごくりと酒を飲む。

「定省王を臣籍に下らせるという話を聞いた。当然、淑子殿の耳にも入っておろう。今宵の襲撃は、淑子殿が不安に駆り立てられたがゆえのことに違いあるまい」

さすがに近衛府の少将だけあって、時満は朝廷内の情勢に詳しかった。

「その件に、基経殿が嚙《か》んでいるというのか」

「表向きは主上の意向ということになっているが、太政大臣の力が加わっているとしか思えぬ」

「太子に立てるならばともかく、臣籍に下す理由とは？」

「臣籍となっても復位させれば帝位に即ける。つまり、基経殿の胸三寸でそなたも帝になれるという訳だ」

「私の方が定省王よりも御し易いと見たのか。随分と見くびられたものだな」

いきなり「帝位」を目の前にぶら下げられても、譲には悪い冗談としか思えない。自分とは違う、別人に降って湧いたような話だ。

「そなたは武官だ。学者との交流はなかろう。そなたが帝になっても、学者を重用することはあるまい」

「私は六年前の蝦夷《えみし》の乱以降、出羽国の秋田城にいた。都には、そなた以外にさして深く付き合う人物もおらぬ」

「だからこそ、源譲は基経殿にとって都合の良い人材なのだ。しかも、元をただせば文徳帝の皇子だ。主上にとっては甥《おい》であり、定省王の従兄弟《いとこ》だ。基経殿が強く推せば、参議等も否とは言えぬだろう」

　そのための定省王の臣籍降下なのだ、と時満はさらに声音を強める。

「定省王が臣籍に下れば、そなたと立場は同じになる」

「私の母は受領《ずりょう》の娘だ。それに比べ、定省王の御母君は桓武《かんむ》帝の孫娘だ。私などが太刀打ちできるものでもあるまい」

「それは、定省王の御血筋に藤原氏がいない、ということだ。文徳帝の母君は、藤原良房の妹。つまりそなたは、遠縁であっても藤原基経の血族なのだ」

　滔々《とうとう》と語られる時満の話を、譲は皮肉な思いで聞いていた。己もまた、藤原氏に連なる者であることなど、頭からすっかり消えていたからだ。

「あの虚姫《うつろひめ》を基経殿はそなたに委《ゆだ》ねた。基経殿は姫を定省王ではなく、そなたの正室にする腹なのかも知れぬ」

　果たして虚神が本当に惟忠の名を書いたのか。それとも、譲に姫を託す意味で、そのように仕向けたのか。または「これただ」の名を目にしたことで、基経は、己の考えを実行しようと決意したのか……。

　いずれにせよ、権力に関わる者の駆け引きなど譲に分かる筈《はず》もない。

「幾ら基経殿の権威が強くても、参議の面々を納得させるには、それなりの力がいる。

私には、そのような力はないし、何よりも私自身が帝位など望んではいない」

何があっても、譲が承知しなければ良いのだ。彼には今さら復位する気など毛頭ない。

基経の傀儡にされるくらいなら、いっそ冬の寒さに耐えて、東北の蝦夷との最前線の城で生涯を終えたいとさえ思う。

「基経殿に握られるような弱みがなければ、それも可能だろうが」

時満はいかにも気の毒だと言わんばかりに、譲の顔を見た。

「蝦夷との小競り合いが、このところ頻繁に起こっている。いずれ、為斗のことも表に出るやも知れぬぞ」

譲は無言になった。弱みならばすでに握られている。そのことに改めて思い至ったのだ。

「私は、実に怖ろしい話を聞いたことがある」

時満は声を落とすと、手にしていた杯を置いた。

「生まれてわずか八か月の惟仁親王を、良房が無理やり東宮《とうぐう》に立てた時の話だ」

かねて長子の惟喬親王を後継者にしたいと考えていた文徳帝は、なんとか惟仁親王を廃太子にしようと考えた。しかし、一度決まってしまったものは、落ち度もなく替えることはできない。

「ならば、神仏に判断を委ねようということになった」

惟喬親王の護持僧として、真言宗《しんごん》の真済僧正《しんぜいそうじょう》が選ばれた。真済は惟喬親王の母方、紀氏の出自であり、また空海《くうかい》の愛弟子《まなでし》でもあった高僧だ。

一方、良房は、空海の実弟でもあった真雅僧都《しんがそうず》を、惟仁親王の護持僧に頼んだ。

僧侶《そうりょ》としての位は、真済の方が上だったが、法力は互いに勝るとも劣らない。それぞれ護摩壇《ごまだん》を仕立て、同じ量の護摩木を焚《た》いて、少しでも長く炎が燃え続けた方を勝ちとする。

「燃やす護摩木が無くなっても、炎は三日三晩燃え続けた。ひたすら祈り続けるのだ。彼等の気迫は、それは凄《すさ》まじいものだっただろう」

四日目の朝、さすがに二人にも疲れが見え始めた。そうして、ついに真済の方がその場に倒れ伏してしまった。

護摩壇の火は瞬く間に消え、惟仁親王の立太子は、神仏が決めたものだと皆が納得せざるを得なくなった。

「その祈禱《きとう》争いの後、真済僧正は都から姿を消した。それきり生死は分からないという」

「戦って負けたのならば、仕方があるまい」

勝負とはそういうものだ、と譲は言った。

「我らも戦場では、命がけで戦っている」

「さあ、そこだ」

と、時満はひそりと言った。

「この祈禱戦には裏がある」

「良房が何か謀ったのか？」

「護摩木だ」

護摩壇には最初から護摩木が積んであった。

「真雅僧都の護摩木には油が染み込ませてあった。真済僧正の護摩木は、最初から生木で作られていたと、一時、噂が流れたことがあるそうだ」

もしそれが真実であったなら、生木を祈禱で燃やし続けた真済の験力《げんりき》の方が、真雅のそれを遥《はる》かに上回っていたことになる。

「まあ、そんな噂はすぐに消えた。消したのかも知れぬが……」

「ならば、真済の良房への恨みは、相当なものであっただろうな」

「娘の明子殿が、時折、人が変わられたようになるのも、真済の呪いではないか、という者もいたらしい」

明子は元々、非常に大人しい性格であったという。自分の心を決して表に出すことはない。それが、惟仁親王が帝位に即いた頃から、感情の起伏が激しくなった。お付きの女房の些細《ささい》な失敗を見逃さず、執拗《しつよう》に仕置きを加えることもあったのだ。

「当時は、何か物の怪《け》にでも憑《よ》りつかれているのではないか、と良房も相当案じていたようだ」

明子が帝の寵愛を受けていた夏萩を、厳しく責め立てていたというのも、妬心だけではなかったのかも知れない。

（たとえそうであったとしても、到底、許せるものではない）

と、譲は胸の内で苦い思いをかみしめる。

「良房にとって、明子は命綱のようなものだ。もしその真済とやらの怨霊《おんりょう》でも憑《つ》いたのならば、確かに復讐《ふくしゅう》になろう」

譲は平静を保つため、しばらく間を置いてからそう言った。

「何を呑気《のんき》なことを……」

時満は身を乗り出すと、その声音を強める。

「かように都は怖ろしき所なのだ。今宵《こよい》のこともある。悪いことは言わぬ。そなたは早々に出羽に戻った方が良い」

時満は心から譲の身を案じているようだった。

明朝の出仕に備え、時満は譲の屋敷に泊まることになった。時満が寝所に引き上げた後、為斗が黒矢の男の手当が終わったことを告げに来た。男は真継が見張っているが、未《いま》だに放心したまま、一言もしゃべらないでいるらしい。

「ほんに怖ろしゅうございました」

姫の様子を尋ねた譲に、為斗は青ざめた顔で答えた。

譲の居室の辺りで騒動が起きた時、姫は褥《しとね》で休んでいた。

為斗は咄嗟《とっさ》に弓矢を手に廊下へ出た。その時、庭の草むらで黒い影が動くのが見えた。

声を上げようとした時、背後で風が動くような気配がして、姫の姿が現れた。

「姫、いいえ、虚神は……」

為斗は言い直した。為斗はこの時、姫ではない何者かの存在を、はっきりと感じ取ったのだ。

虚神は瞬く間に隠れていた男を捕まえると、その身体をずるずると引きずって戻って来た。男の方も大人しくされるがままになっていた訳ではない。最初は猛然と暴れ、太刀を振りまわしていたが、虚神の一睨《にら》みで動けなくなってしまった。

「その後のことは、ご覧になられた通りです」

猫が鼠をいたぶるような様を、譲は見せられた。

「今宵は姫の側に居ずとも良い」

譲は労《いた》わるように言った。

「部屋でゆっくり休め。明日の朝、時満に粥《かゆ》でも出してやってくれ」

為斗が出て行くと、譲は褥の上に横になった。

夜も遅い。なんとか眠ろうとするが、丁度降り始めた雨の音が気になって寝付けなくなった。

何度も寝がえりを打つ。その度に、時満から聞いた話が頭を過《よぎ》った。

（これだから、都は嫌なのだ）

権力争いに巻き込まれるのは願い下げだった。基経の思惑など、譲にはどうでも良い。

ただ為斗の身が危ういことは分かった。やはり都へ連れて来るのではなかった、とそればかりが悔やまれた。

ふと、雨の音に箏《こと》の音色が混じっているのに気がついた。空耳かと思うほど、それはかすかな響きであった。強くなった雨音に、今にも掻《か》き消されそうだ。

突然、譲の脳裏に何かが閃《ひらめ》いた。

（誰が弾いている？）

譲は飛び起きると、廊下へと走り出ていた。

母が亡くなって以来、この屋敷で箏を弾く者はいない。皆、譲が嫌がることを知っているからだ。

虚神のいる対屋《たいのや》に近づくにつれ、箏の音は異様なほどに大きくなった。掻き鳴らされる弦は耳の奥をびんびんと震わせ、駆けあがり、そして駆け降りる……。

譲が対屋の前まで来た途端、箏の音はふつと途絶えた。思った通り、母の形見の箏の前には虚神がいた。

「箏に触るなっ」

譲は声を上げると、部屋の中に踏み込んだ。

箏の前の虚神は無言で譲を見上げている。

「箏に触るな。それは、私の……」

と、言いかけた時だ。

――母親の箏か……――

声が頭に響いた。

――「為」と「斗」の弦が切れておる――

声は再び言った。

――あの神女は、切れた弦の代りなのだな――

(だから、為斗と名付けた。だが、それは……)

「あなたには関わりのないことだ」

息を整えながらやっとの思いで譲は応じた。

「我は、この箏の、……主を知っておる」

突如、たどたどしいながら、人の言葉が虚神の口から発せられた。それも、譲の思いもしなかった言葉だ。

「我は、いつも……、箏の音を、聞いていた」

「それは、いつのことだ」

譲は箏を隔てて虚神の前に座った。虚神の視線がゆっくりと譲の動きを追っている。

やがて譲と目線が合った時、「昔の、ことだ」と虚神は言った。

「女には、幼子がいた」

虚神はじっと譲を見つめた。

「ある夜、箏の音が、……聞こえなかった」

見ると、幼子が高欄に縋《すが》って泣いている。

「その子は、我に、言った」

――母君の魂が迷わぬように、どうか父君の許《もと》へ送り届けて欲しい――

譲の眼前にある光景が浮かんで来た。母の死、そして、白鷹《はくよう》……。

「あれは、大きくて美しい白い鷹《たか》であった」

譲は己の記憶を辿《たど》りながら言った。

「そなたは、言った。願いを叶《かな》えるなら、礼をすると……」

『承知した』と、白鷹は答えたのだ」

驚きつつ、譲は再び虚神を見た。

「あれは夢だと思っていた。鳥がしゃべるなど、あり得ぬ
「そなたは名を名乗った。『これただしんのう』と……」

（それで、私の名を書いたのか）

基経の策謀なのではなく、本当に譲を名指ししたのだ。

「私に約束を果たさせるために、姫の身体を奪ったのか。私に会いたいがために……」

「借りた、のだ。鷹の姿、では、我の声は、そなたに届かぬ」

「しかし、あの時は、確かに声を聞いたのだ」

「人、は、変わる。身体や心が、変われば、力も、変わって、来る。今のそなたは、あの時と同じではない。ただ、それだけのこと……」

（今の私に、子供の頃の純粋さがなくなったということか）

譲は胸の内で自嘲《じちょう》する。

「そなたに会いたいと思うていた時、この娘が我の山に現れた」

人の言葉に慣れて来たのか、虚神の口調はしだいにしっかりしたものになっていた。

「娘は賊共に追われ、恐怖に、怯《おび》えていた。ゆえに、我は魂を入れ替えた」

「入れ替えただけではあるまい。あの時、あなたは何をしたのだ？」

知らず知らずに問い詰める口ぶりになっている。会話ができると分かって、譲の中では虚神への恐れはなくなっていた。

「人の身体とは、実に、脆《もろ》いものだ」

平然とした態度で、虚神は言った。

「実に弱く儚《はかな》い。それなのに、互いに命を奪い合う。我は太刀というものがどういう物か確かめただけじゃ。あれは、実に面白い。小気味良いほど、人が斬れる」

「もし、私に約束を果たさせたいと思うなら、二度と人は傷つけないで欲しい」

声音を強めて譲は言った。

虚神は不思議そうに譲の顔を見上げる。その様子がどこかあどけなく、実に愛らしい。それが譲の頭を混乱させる。

「なぜじゃ。東北の地で、そなたも多くの者の命を奪《うぼ》うたであろうに……」

「なにゆえ、そのことを？」

「そなたのことなら、何でも知っておる」

どこか自慢そうに虚神は言った。

「何でも……。どのようなことでも？」

コクリと小さく頷いてから、虚神は小首を傾げた。

「分からぬのは、それを、そなた自身が望んではおらぬことじゃ」

大和人《やまとびと》として譲は戦った。蝦夷《えみし》として戦った為斗も同じだ。東北の地を守るために戦った真継には、真継の理屈がある。

「私は武家だ。武家は戦うのを生業《なりわい》にしている。その使命に従《したご》うたまで……。命令ならば、望まぬこともせねばならぬ」

「それが、『人』なのか？」

「それが『人』というものだ」

譲にはそうとしか答えられない。

「ならば、我は人と同じことをしたまでじゃ。そなたは我を厭《いと》いはせぬな」

「厭う？」

いったい何を言っているのだろう、と思ったが、すぐに黒矢の男を矢で嬲《なぶ》っていた虚神を止めた時のことが頭に浮かんだ。

――我を、厭うておるのか？――

どこか不安げにも感じたその声の主は、やはり虚神であったのだ。

「厭うたりは致しませぬ」

まるで子供に言って聞かせるように譲は答えた。

「それで、姫の魂は、今、どこに？」

そのことが、今は何よりも肝心だった。

「白鷹の中に在る」

姫の魂を持つ白鷹は、魔道山にいるという。

「『さかいびと』のように、二つの世界を行き来している」

「『さかいびと』など、聞いたこともない。それに二つの世界とは？」

「我の世と、人の世」

「あなたの世とは、『あの世』のことか」

「この世」と「あの世」。それが譲の知っている世界であった。死ねば、人の魂は「あの世」へ行く。この世で善行を施せば、「極楽」で幸福を得られ、悪行を為せば「地獄」で、永遠に罰を受ける……。幼い頃に聞かされた話だ。

母が死んだ夜、乳母《めのと》や侍女等の話を譲は聞いていた。

――幼い若君を残して逝くのは、心残りでございましょう――

――せめて、先帝のお迎えでもあれば……――

――魂が迷わぬように、私たちで供養して差し上げましょう――

自分のせいで母の魂が行き場を失ってしまう。それは、子供心に大変なことのように思えた。だから、母が迷わず「極楽」に行けるよう、譲は白鷹に願った。

鳥は人の魂をあの世に導いてくれる。そんな話を乳母から聞かされていたのを思い出したからだ。

「『あの世』など、我は知らぬ」

虚神は突き放すように言った。

「人が勝手に考えたことだ」

「母の魂は『極楽』へ行ったのではないのか」

「そなたは、母親の魂を、父の許へ送り届けよと願うた。『極楽』へ連れて行けとは言うてはおらぬ」

「では、母君は父君の許におられるのだな」

今は虚神の言葉を信じるしかない。

「礼を言う」

譲は虚神の前に頭を下げていた。今さらながら、涙が零《こぼ》れそうになった。初めて目の前にあるモノが、「神」なのだと思えて、安堵《あんど》している自分を感じた。

「私は姫の魂をその身体に戻さねばならぬ。力を貸して貰《もら》いたいのだが」

「我との約束は、いつ果たすのだ」

「約束か」と、譲は思わず呟《つぶや》いた。

何も覚えてはいなかったのだ。

母の死と、白鷹と交わした約束。その二つは貝合わせの一組であった。母がどのようにして命を落としたのか、譲はあまり覚えてはいない。病死だったと聞かされているから、そう思っているだけだ。

それが真実かどうか、自分でも疑問がある。しかし、思い出そうとしても、扉のない壁にぶつかったように、その先へは行けなかった。

白鷹が譲に求めた物も、きっとその壁の向こう側にあるのだろう。

「約束は忘れてはおらぬ。ただ、今は姫の魂を取り戻さなくてはならないのだ」

譲は嘘をついた。ずるいとは思ったが、彼は覚えている振りをした。思い出せないからこそ、何を約束したのか不安だった。問いかけたところで、虚神が正しいことを言うとは限らない。この「神霊」は、譲の思っている「神」とは別物らしいのだ。

あの時、虚神は彼に何を求めたのか……。

幼い子供の頃のことだ。何を言われても承諾したに違いない。もし、それが何かとてつもないことであったならば……？

たとえそうであったとしても、今は為斗のために、基経の頼みを何よりも優先しなくてはならない。

虚神は瞬《まばた》きもしないで譲の目を見つめている。

譲は息苦しくなった。譲があの時の約束を忘れていることに、とっくに気づいているのかも知れない、そう思った時だ。

虚神は欠伸《あくび》を一つして、その場に身を横たえると、寝息を立て始めた。

譲はほっと安堵した。どうやら今は、「約束」の話は避けられそうだった。

姫の姿をした虚神は、あどけない少女の顔をしている。譲の胸が痛んだ。虚神は譲と約束した「何か」を求めて、彼の前に現れた。姫の身体を得られたことも都合が良かったのだろう。

譲は虚神を抱き上げると、几帳《きちょう》の陰へと運んだ。

姫の身体を褥《しとね》に横たえた時、あまりにも呼吸が静かなので心配になった。為斗は、虚神の器になるには、人の身体では耐えられぬと言っていた。

（もしや、このまま息が止まってしまうのでは……）

譲はそっと顔を近づけた。

額からすべり落ちた髪が、蠟燭《ろうそく》の明かりに絹の艶《つや》を放っている。譲は白い額に乱れ掛かる髪を、指先で掻《か》きあげてやった。

心から姫が哀れに思えた。十三歳という年齢にしては、背負わされているものがあまりにも大きかったからだ。

姫は、基経のために入内《じゅだい》し、男児を産むことを求められる。やがては皇后、皇太后の地位が待っているのだろう。

叔母《おば》の高子に拒絶され、貞明親王の妃《きさき》にはなれなかった。今度は定省王の妃になるかと思いきや、何やら情勢は絡まった糸のように複雑だった。その上、基経への恨みの皺寄《しわよ》せで、その身を攫《さら》われた上に、盗賊に追われて怖ろしい思いをした。

今、姫の魂は白鷹《はくよう》の中に在るというが、むしろ、その方が幸福なのではないか、とすら思える。そうであるなら、虚神は確かに姫を救ったのだろう。

譲は再び姫の寝顔を眺めた。今度は姫ではなく、虚神を見ようと思ったのだ。

この「神」だか「魔物」だか分からぬ山の霊が、譲に会いに来たのは分かった。約束を果たせと言うが肝心の譲はそれを覚えてはいない。

己の不実が情けなくもあったが、同時に、虚神の本性が分からぬ不安も大きい。

（あの時、白鷹は私に何を求めたのだろう）

薄ぼんやりとした記憶はまるで夢のようで、ふわふわと頼りない。

（許せ）と譲は虚神に詫《わ》びていた。

（いずれ約束は果たす。それが、どのようなことであるにせよ……）


翌朝、為斗の用意した菜の粥《かゆ》を、時満は美味《うま》そうに掻き込んだ。

「例の男は、どうなった？」

朝餉《あさげ》の後、さっそく時満は尋ねて来る。

「真継が話を聞いたが、『黒矢党』であることと、命じたのが尚侍《ないしのかみ》であることしか分からなかった。いずれにせよ、命令に従《したご》うたまでだ。解き放ってやるつもりだが、その折に、淑子殿に文《ふみ》を届けさせる」

「許すつもりか？　命を狙われたのだぞ」

時満は大きく目を剝いた。

「下手に騒げば、ことが大きくなる。淑子殿も基経殿には知られたくない筈《はず》だ。今朝方、あの男が白状したが、私は賊に襲われて死ぬことになっていた。叶《かな》わぬ時は、姫の命を奪う。基経殿は怒り、私は責めを負うことになる。そうなれば、定省王の立太子の邪魔をする者はいなくなる」

「こうなると、そなたの復位の話も真実《まこと》に思えて来るな。しかし、それにしても……」

時満は怪訝《けげん》そうに太い眉《まゆ》を寄せた。

「賊が検非違使《けびいし》の少尉《しょうじょう》の屋敷を襲うというのは、そうそうあり得る話ではないぞ」

「赴任してすぐに、賊の掃討を行ったであろう」

譲は都の内で少しでも怪しい動きのある者を、一斉に取り締まらせたのだ。そうでもしなければ、都は今よりも一層荒廃していただろう。

「私に恨みを持つ盗賊の仕業にするつもりであったようだ」

時満は呆れたようにかぶりを振った。

文には、「内侍が案ずるようなことは、決してありませぬ」と書いた。

藤原の姫を譲の屋敷に預かったのは、姫の病を治すのに、源譲の力が必要だと陰陽《おんみよう》師《じ》の卜占《ぼくせん》が告げたためだ、とも……。

「淑子殿が、それで納得すれば良いが……」

「姫がただならぬ様子なのは、あの黒矢の男も身にしみていよう。姫には確かに物の怪《け》が憑《つ》いている、そう証言するに違いあるまい」

「いずれにせよ、油断はせぬことだ」

時満はその顔に不安の陰りを見せて、屋敷を後にした。

譲は真継を呼ぶと、時満から聞いた姫の救出の顚末《てんまつ》を話した。すでに為斗から昨夜の姫の行状を聞いていたものか、真継は神妙な顔で話に聞き入っていた。


その日、譲は検非違使庁に出仕しなかった。二日も続けて休んだことはこれまでに一度もない。だが、淑子の動きが分からぬ内は、屋敷を留守にするのは憚《はばか》られた。

日が落ちる頃、譲を訪ねて来た者がいた。

「文章博士《もんじようはくし》の橘広相《たちばなのひろみ》と、名乗っておられます」

取り次いだのは真継だった。訝《いぶか》しげに首を傾げているのは、譲の屋敷に文官がやって来ることなど、これまでに一度もなかったからだ。

「確か参議であったと思うが……」

先帝の頃から、主上に学問の指南をする侍読《じとう》の役目を担っている学者だということぐらいは、譲も知っていた。

「そのような御方が、なにゆえ自ら足を運ばれたのでしょうか?」

真継も疑念を抱いているようだ。呼びつけることもせず、日暮れを待って、密《ひそ》かに譲の屋敷を訪れる。その行動は明らかに人目を避けているように思えた。

部屋へ招き入れた譲に、橘広相は挨拶をする。

「尚侍の使いで参りました」

年齢は四十代の半ばに見える。背は低く小太りで、ふっくらとした頬の柔和な顔の男だった。

「まったく女人の考えることは……」

譲の言葉も待たず、困惑を露《あらわ》にして広相は口火を切った。

「淑子様は実に御気性の激しい方でしてな。たまに思い込みで動いてしまわれる」

広相は幅広の顔に苦笑を浮かべる。

「『思い込み』と言われると?」

すると、広相は待っていたように「実は」と膝《ひざ》を進めた。

「基経殿が心変わりをして、譲殿を復位させ、次の帝《みかど》に即けようとしている、そう思い込んでしまわれたのです」

「私はこれまで臣下として忠誠を尽くして参りました。戦場で蝦夷《えみし》とも戦い、国を守って来たつもりです。都へ戻ったのも、朝廷から呼ばれたからです。都の警備に力を尽くし、民衆を盗賊から守れとの命令で……。昨夜のように、命を狙われる覚えはありませぬ」

譲にしても、そこは声を上げて訴えたいところだ。

「ゆえに、今朝方、淑子殿へは文を言付けました。私には帝位を望む気など全くない、と、お伝えいたした次第です」

「帝を決めるのは、あなたではありませぬ」

穏やかな声音ながら、きっぱりと橘広相は言った。

「関白太政《だいじょう》大臣、藤原基経殿です」

「私には、政権争いに関わる気は一切ない」

譲は憂鬱《ゆううつ》な思いに駆られた。

「尚侍様は、そうは思うてはおられませぬ。基経殿の姫君の拉致《らち》騒ぎも、定省王の妃にせぬための策略ではないか、と、お考えになっていたようです」

「基経殿の狂言だと言われるのか」

「拉致騒動を理由に、定省王の妃にする話を無効にする。しかも主上を裏から動かして、定省王を臣籍に下そうとしています。それもこれも、あなたを復位させ、東宮にするための基経殿の策謀であると……」

その話はすでに時満から聞いている。どうやら譲の全く知らないところで、「源譲復位説」はあちらこちらで独り歩きをしているらしい。

つい押し黙ってしまった譲の前で、広相はさらに言葉を続けた。

「姫が物の怪憑きだという噂など、淑子殿は信じておられない。そのような中で姫はあなたの許《もと》へ預けられたのです。まさしくこれは、いずれ姫をあなたの正室にするための基経殿の方便ではないか、と……」

「私がいなければ、基経殿も定省王を推すしかなくなる。ゆえに刺客を放たれたのか」

そのあまりにも身勝手な言い分も、彼等には立派に通用するのだろう。譲は怒りを通り越して、ただ呆れるばかりだ。

「まこと、姫には物の径が憑いているようで……」

広相はもごもごと言葉を濁した。

昨夜の黒矢の男から、その時の状況を聞かされたものだろう。あれほどの思いをしたのだ。男の語る姫の話は、実に真に迫ったものだったに違いない。

「どうか、私を放って置いていただきたい」

譲は吐き出すように言った。

「私は今の仕事を全うすることしか、考えておりませぬ。検非違使の任を外れれば、再び、出羽国へ任官したいと思うております」

「それほどに、都がお嫌なのですか？」

「本来民の暮らしに目を向けねばならぬ者たちが、己の我欲を満たすために謀略の限りを尽くす。都はまさに無数に張られた蜘蛛《くも》の糸のようなもの。できるなら近寄りとうはありませぬ」

広相はその顔をグッと譲の方へ近づけ、声音を強めてこう言った。

「誰かがやらねばならぬのです」

瞬間、それまで柔和に見えた面持ちに、もう一つの顔が重なった。その顔は強い意志と確信に満ち溢《あふ》れている。己こそが「絶対の正」であるという確信だ。それには、どこか基経とも共通したものがあった。「絶対の正」は、決して他者を認めない。彼等に従わぬ者はすべて「悪」なのだ。

「政治を正さねば、さらに民が苦しむことになりましょう。藤原氏を止めねば、帝を疎《おろそ》かにした政治が罷《まか》り通ってしまいます」

「反対はいたしませぬ」

譲は答えた。

「政治は民のためにこそあるべきもの。役人の多くがそのために、心身を削る思いで働いているのです。権力に関わる者の我欲を満たすものであってはならないのは、重々承知しております。なれど、帝の御身を考えるのは、あなたのような側近がなさること。検非違使《けびいし》の役目ではありますまい」

「源譲殿に、やっていただきたいことがあるのです。いいや、これはあなたにしかできぬことです」

そう言い切れる自信が、いったいどこから来るのだろう。譲は不思議な思いで、己の熱情をほとばしらせる学者を見つめた。

「私に何ができると言われるのです」

「定省王が帝位に即けるよう、基経殿を説得して頂きたいのです」

譲が帝位に即くことは決してない。そう基経に表明しただけでは足りない、と広相は言っているのだ。

「姫の噂が真実であることが分かった今、姫を元の姿に戻せば、基経殿はあなたに対して一目置く筈《はず》です。基経殿の信頼を得られれば、御心《みこころ》を動かすことも可能かと……」

「そのように簡単に行く話ではありますまい」

譲は小さく笑ってかぶりを振った。

「私はただの武官に過ぎませぬ。姫を助けたとしても、それはただ命令に従《したが》うたまでのこと。務めを果たしただけのことです」

広相が言うように、姫を救えば、基経に貸しはできるかも知れない。しかし、だからといって、譲の言葉が政治を左右するとは到底思えなかった。

「大きな声では言えませぬが……」

その時、広相はまるで周囲に無数の耳があるかのように警戒の色を顔に浮かべた。

「場合によっては、陽成上皇の重祚《ちょうそ》があるやも知れませぬ」

「上皇の重祚……。いくらなんでも、基経殿が承知いたしますまい」

(この御方は、いきなり何を言い出すのやら……)

譲は困惑するばかりだ。

「皇太后の高子様には、譲位にご不満もお有りでしょうが……」

だが、広相はすぐに譲の言葉を遮っていた。

「重祚をお望みなのは、陽成上皇の御祖母に当たられる、染殿の太后《たいこう》様です」

「藤原明子」

譲の口から、思わずその名が飛び出した。

「譲殿と定省王、このお二人がこの世からいなくなれば、基経殿も、陽成上皇の重祚を考えるしか、道がなくなります」

「太后様は、経文を唱える日々をお過ごしだとか。今更、太皇太后《たいこうたいごう》の地位などに、未練はないのではありませぬか?」

「いやはや」と、広相はゆっくりと首を左右に振って小さくため息をついた。

「確かに黒衣に身を包まれ、いかにも信心深いご様子でいらっしゃいますが、あの良房殿の正統な血を引く御方です。義理の兄とはいえ、基経殿が権力を振り翳《かざ》すのを、黙って見ておられるかどうか……」

我が子と孫が帝位に即いた。皇后ではなかったが、帝の生母として皇太后となり、祖母として太皇太后の位にまで昇った。しかし、明子の祖父、冬嗣《ふゆつぐ》の代から政権掌握に奔走している基経の思惑により、息子は若くして帝位を退き、孫に至っては譲位を迫られ、これを受け入れざるをえなくなった。

(やはり、心から納得はしておられぬだろう)

明子は譲の母を死へと追い込んだ人物だ。穏やかで美しく見える水の面も、その底には深い泥が積もっているものだ。胸の内にたぎる炎は、誰にも見えない。

「譲殿」

つい考え込んでいた譲は、広相に呼びかけられてハッと我に返った。

気がつくと、橘広相はじっと譲の顔を見つめている。

「実は、譲殿にお尋ねしたいことがあるのです」

広相は一瞬、躊躇《ためら》いを見せてから、意を決したようにこう言った。

「御父君から何か書状のような物を受け取ってはおられませぬか?」

「書状、とは?」

何のことか分からず、譲は茫然《ぼうぜん》として問い返す。あまりにも幼い頃に父親を失っているので、改めて問われても頭は混乱するばかりだ。

「いえ、こう何か表には出せぬ、詔《みことのり》……。そう、密詔《みっしょう》のような物です。お母上か、それともお祖父《じい》様か……」

「いったい、何のことをおっしゃっているのか」

「分かりかねます」と言おうとして、ある事を思い出した。

太政大臣《だいじょう》家から退出しようとした際、基経にも同じようなことを問われていたのだ。

基経は「文《ふみ》」と言っていたが……。

あまりにも、譲が怪訝《けげん》な顔をしていたものか、基経は「なければ良いのじゃ」と言葉を濁した。

為斗の話を持ち出されたことで、基経に怒りを覚えていた譲は、その話を気にも留めなかったのだ。

だが、たった今、橘広相ははっきりと「密詔」と言った。

「その『密詔』がもし存在するなら、どうなるのですか？」

戸惑いを覚えて譲は問いかけた。だが、広相はわずかに首を傾げると「さあて」と考え込む様子を見せる。

「書かれている内容で、譲殿の運命が大きく変わります。今は亡き帝のお言葉でも、それほどに重要な意味を持つのです。場合によっては、私の思惑が外れることも……」

それから広相は、やけにきっぱりとした口ぶりでこう言った。

「源譲殿、つまり、あなたはそういう星の下にお生まれになったのです」

橘広相が屋敷を出たのは、すでに夜も更けた頃だった。譲は真継と郎党二人に広相を送らせることにした。「夕凪組《ゆうなぎ》」が見廻《みまわ》っている時刻であったが、どこで賊に出遭うとも限らなかった。

「供も連れずに出歩かれるのは、あまりにも物騒です」

譲は広相に忠告した。

「人目に付くのはどうしても避けねばならなかったゆえ、日暮れを待って、家を出て参りました。検非違使《けびいし》の少尉《しょうじょう》殿を訪ねるゆえ、帰りは送っていただけるものと、勝手に当てにしておったしだい……」

と、広相は苦笑する。

「人心がひどく乱れ、荒れているのが案じられます」

譲の言葉に、広相は同意するように頷いた。

「民に安寧を与えるべき立場におる者等の心が、乱れておるからです。不思議なもので、心の乱れというものは、流行《はや》り病のように人々の間に広がって行くものです」

「民に安寧を与える者……とは、藤原基経殿のことを言うておられるのか？」

「帝よりもさらに上に立つのは、帝を手中に収められる者です。そのための地位を得ようと、基経殿と淑子殿のご兄妹《きょうだい》は、裏で激しゅう争うておられる」

「染殿の太后様が、その争いに加わるようなことになれば、どうなるのでしょうか？」

考えるだけで、気分が重くなる。

「今はまだ、何とも申せませぬ」

広相はそう言って小さくかぶりを振った。

「ただ、私は一日も早《はよ》う人心が落ち着くのを願《ねご》うております。朝廷内が不穏なままでは、人々の日々の暮らしも守れぬばかりか、飢餓も、咳逆《がいぎゃく》などの病も、抑えることができませぬ」

「飢餓は天候の不順から起こるもの。流行り病もまた、避けられぬ人の運命《さだめ》なのではありませぬか？」

「国を司る者の乱れが、この世に災いを呼び込むのです。私はそう考えております」

「それゆえに」と、広相は真摯《しんし》な眼差《まなざ》しを譲に向けた。

「なんとしてでも、定省王に帝位に即いていただきたいのです。あの御方ならば、基経殿をも抑えられる。私はそう信じております。そのためにも、譲殿にはぜひ、定省王の力になっていただきたい。お二人が力を合わせてこそ、国が守れ、民が守れるのです」

「私に、定省王の剣と盾になれと？」

「それを、心より願うております」

橘広相は、そう言って、深々と頭を下げたのだった。


広相を見送った後、譲は居室に入った。明かりも灯《とも》さず、じっと考え込んだ。

──誰かがやらねばならぬのです──

そう言った時の、広相の顔が改めて思い出された。己こそが、政治を正せる。己こそが、間違いをなくせる。己の言い分こそが、正しい……。

己の存在こそがこの世を救えるという自信は、裏を返せば、自らが政権を摑《つか》み取りたいという野望であり、また我欲に思える。

それを否定する気は譲には毛頭ない。我欲や執着もまた、人が生きる力の源であり、言わば戦の際の剣でもあった。

その剣によって、本当に国や民を守れたとしても、譲には柄を握る自信はなかった。

人には生まれながらに、果たすべき役割があるという。橘広相は妙に譲に拘《こだわ》っていたが、政権争いなど己が関わることではない、と、譲はその心に強く思っていた。

（まずは、姫の魂を取り戻すことだけを考えよう）

そう思った時だ。譲は見慣れた筈《はず》の自分の部屋に、何か異質なモノの気配を感じていた。

影が踊っている、ような気がした。明かりもないのに、影などできる筈もない。それなのに、壁や床に、闇よりもさらに濃い影が蠢《うごめ》いている。

影は一つではなかった。大小様々で、人のようでもあり、獣のようでもあった。一つの塊になったかと思えば、弾《はじ》けるように散る。まるで斬られた時の人の血のように、飛沫《しぶき》を上げて天井を汚す。

部屋の空気が何やら重くなっていた。太刀に手を伸ばそうとしたが、どういう訳か身体が動かない。

やがて影は集まり始め、雲のような塊となって、譲の眼前に浮かんだ。

次の瞬間、塊の中から白い両腕がにゅっと突き出して来たかと思うと、いきなり譲の喉《のど》をガシリと摑んだのだ。

振りほどこうにも、手が動かせない。強い力で締め付けられ、呼吸が止まりそうになる。その時、凄《すさ》まじい音と共に、扉が弾け飛んだ。

譲の視線の先に、可憐《かれん》な姫の姿が見えた。暗闇に浮かぶ月のように身体が白く輝いている。長い髪が大きく逆立って、生きているかのように揺れていた。

「その者から離れよっ」

虚神の声が響いた。

「去れっ」

声と共に、虚神の全身が一段と強い光を放つ……。

両腕は譲の喉から離れ、スルスルと黒雲の中に納まり、気が付いた時には、何もかもが消えていた。

砕けるように、譲は床に頽《くずお》れた。

もがきながら身体を起こそうとしていた時、すっと白い手が差し出された。触れれば折れてしまいそうなその華奢《きやしや》な指を、譲は思わず強く摑んでしまう。

その途端、身体が軽くなった。

顔を上げると、心配そうに眉《まゆ》を寄せている姫の顔がある。

(いや、これは虚神だ)

と、改めて思った。譲の部屋に満ちていたあの怪しげな影を、虚神が一気に吹き飛ばしたのだ。

「そなた、瘴霊《しようりよう》に魅入られたな」

すっかり声を失っている譲に、虚神は愛らしい声で、何やら怖ろしげなことを言った。

「瘴霊とは、いったい何なのだ？」

初めて耳にする言葉に、譲は混乱しながらも、やっとの思いで問いかける。

「人の魂は生ある内に、あらゆる想念を幾重にも纏《まと》って行くのだ。死に際しては、それらのすべてを捨て去り、常闇《とこやみ》へ向かう。しかし、あまりにも悪念が強いと、魂はそれに引きずられて鬼渦《きか》へと落ちてしまい、そこで瘴霊となる」

「瘴霊となれば、どうなるのだ？」

「瘴霊は、生人《いきびと》の悪念に憑《よ》りつき、強い力を与える。憎悪と恨み。生きていた頃の記憶は失っても、瘴霊と化した魂には、この二つの感情だけが強く刻み付けられているのだ。ゆえに、人を強く恨んだり憎んだりする者の魂に宿り易い。瘴霊は、宿主の望みを叶《かな》えることに、無上の喜びを覚える」

「つまり、私はその瘴霊の宿主に恨まれておるというのか？」

「身に覚えがあるのではないか？」

虚神は反対に問いかけて来た。

譲は考え込んだ。

（人に恨まれる覚えなどない）

淑子の件はすでに片付いている。考えられるのは染殿の太后《たいこう》だが……。

明子は、文徳帝の寵愛《ちょうあい》を一身に受けた夏萩に、嫉妬《しっと》と憎悪の念を滾《たぎ》らせていたらしい。しかし、そのために母が病を得て亡くなったのならば、恨みたいのは、むしろ譲の方だ。

（もし、私を恨んでいる者がいるとすれば……）

この京ではなく、東北の戦場で彼の手に掛かって死んで行った蝦夷《えみし》の戦士等ではないだろうか。

（為斗の、父親や兄弟たちのような……）

譲が思いあぐねていた時だ。虚神が両膝《りょうひざ》を折るようにして、その場に座り込んだ。

「どうしたのだ？」

倒れそうになる身体を抱き留めて、譲は尋ねる。

「力が抜けて行くのだ……」

呟《つぶや》くように言うと、虚神は譲の腕の中で意識を失ってしまった。

「為斗、為斗はおらぬかっ」

譲が声を上げたその直後、「譲様っ」と叫んで、為斗が部屋へ走り込んで来た。

「譲様、お怪我はございませぬか」

為斗は髪を振り乱し、蒼白《そうはく》な顔で譲に問いかける。

これには、譲の方が驚いた。あまりにも為斗の来るのが早かったからだ。

「何やらおかしな気配を感じました。譲様のお部屋に何かよからぬものがいるような気がして……」

ハアハアと肩を上下させながら、為斗は早口で言った。

「すぐにでも駆けつけようと思いましたが、身体が見えぬ綱で縛られたように微塵《みじん》も動かなくなって……」

そうしている内に、やっと縛めが解け、動くことができたのだと為斗は言った。

「虚神に助けられた。私は大事ない。だが、虚神が……」

為斗は譲に抱えられ、両目を閉じている虚神の顔を覗《のぞ》き込んだ。耳を寄せ、しばらく吐息を聞いていたが、やがて安堵したようにこう言った。

「ご心配はいりませぬ。眠っておられるだけです」

そうは言いつつも、為斗の顔はどこか暗い。

「何かあるのなら、正直に申せ」

譲が問うと、為斗は反対にこう問いかけて来た。

「ここで、いったい何があったのでございますか？」

譲は得体の知れない影に襲われたことを話した。首を絞められ、今にも命を奪われそうになった時、虚神がその力で追い払ってくれたことを……。

「確か、『瘴霊』と言うておったな。呪いのようなものだと……」

「私には詳しいことは分かりませぬが、そのような悪念を追い払ったのならば、相当な力を使った筈。このような弱々しい姫の身体で、神霊の力を出したのです。姫のお身体が耐えられなかったのでございましょう。いずれにしても、一日も早う姫の魂を戻さねばなりますまい」

「もはや、猶予はないのだな」

「はい」と為斗は頷《うなず》き、「明日にも出立した方が良いと思います」と言った。

「では、さっそく、山行きの支度に掛かってくれ」

譲は為斗に命じた。

「山へは、私一人で行く」

その途端、為斗の顔色が変わった。

「なりませぬ。私をお連れ下さいませ」

為斗は縋《すが》るように言った。

「魔道山は、それは恐ろしき所だそうです」

時満にでも聞いたのだろう。為斗は不安そうに言った。

「人は踏み込んではならぬとか……。入れば必ず迷うて、戻っては来れぬ所だと……」

「案ずるな。私は山には慣れておる。出羽の地には、もっと高い山があったではないか？」

「山は高いからではなく、深いゆえに恐ろしいのです。自然の霊気が強すぎる山は、人の気を寄せつけませせぬ。そのような山は、人から正気を奪い、生気すら吸い取ってしまいます。昔より、人の口伝《くちづて》に『入ってはならぬ山』というのは、そのような場所を言うのです」

「ゆえに私一人で行くのだ。そなたも真継も連れては行かぬ」

だが、為斗はまっすぐに譲を見つめると、強い口ぶりでこう言った。

「私が譲様をお守りいたします」

健気なまでのその態度に、譲の胸は熱くなった。だが己の心の一角《ひとすみ》には、決して溶けることのない氷の欠片《かけら》があることを、誰よりも譲自身が知っていた。

(私は、そなたの信頼に応《こた》えられる男ではない)

喉《のど》の奥まで出かかった言葉を呑《の》み込んで、譲はゆっくりとかぶりを振った。

「己の身は己で守る。そなたは私を待っていてくれれば、それで良い」

その時だった。眠っていた筈《はず》の虚神が、むくりと身体を起こしたのだ。

突然のことに驚いている譲と為斗の顔を交互に見て、虚神は言った。

「我を連れて行かねば、肝心の姫の魂が戻せぬぞ」

確かに、虚神の言葉にも一理ある。

「ならば、白鷹《はくよう》を捕えて、ここに連れてくれば良かろう。幾らなんでも、大事な姫を伴う訳には行かぬゆえ……」

「この身体を置いて行けばよいのだ」

虚神はすっと立ち上がると、為斗の傍らに近寄った。さすがに為斗は怖れを感じたのか、一瞬、身を引くそぶりをする。

「我がこのまま、このか弱き身体の中にいれば、そなたが戻るまで持ちこたえられぬやも知れぬ。見たところ、この娘は心も身体も丈夫なようじゃ。我を受け入れるには申し分あるまい」

そう言うと、虚神は為斗に向かって両手を伸ばした。

「待てっ」

慌てて譲は止めようとした。だが、為斗の動きの方が早かった。

為斗は、自ら虚神の両腕の中へ飛び込んで行ったのだ。

虚神が抱き留めた瞬間、為斗の身体が大きくのけ反った。長い髪が扇のように左右に広がり、あああ……、という締め付けられるような声が、喉の奥から漏れていた。

細い首が今にも折れそうだった。両目は白目を剝《む》き、今にも失神するかのように思われた。

「やめよっ」

見かねた譲が、二人を引き離そうとした時、広がっていた為斗の髪がバサリと落ちた。

頭を上げた為斗は顔を譲に向けた。譲を見据える眼差《まなざ》しの奥が、まるで深い水底を覗き込むようだった。明らかに、そこにいるのは、為斗の姿をした何か別のモノだ。

「為、斗、ではないのか？」

恐る恐る尋ねると、為斗は腕に抱いている姫に視線を向けた。

姫は為斗の両腕に支えられて立っている。両目はしっかり閉じられ、意識はないようだ。

「先ほどの娘なら、この中だ」

重いのか、眉根《まゆね》を寄せるようにして虚神が言った。

譲は急いで姫を抱き上げる。

「眠っておる。しばらくは目覚めぬであろう」

そう言うと、虚神は両腕を上げて、大きく伸びをした。

「ああ、この身体は良い」

嬉々《きき》とした声だ。

「何やら身軽になった気がする。これならば、どこへでも行けるだろう」

「言っておくが、あくまで借り物の身体だということを忘れるな」

譲は声音を強めて言った。

「必ず返して貰《もら》うぞ。それに、決して傷つけてはならぬ」

「分かっておる」

と、虚神はにこりと笑う。一抹の不安が譲の胸に陰りを落とす。

(本当に、これで良かったのだろうか?)

本当に、この神霊を信じても良いのだろうか……。

「さあ、山へ帰ろうぞ」

虚神は縁先に走り出ると、譲を振り返った。

「山へは美味《うま》い酒を持って行く。用意せよ」

その様子が、まるで物見遊山に行く子供のようだった。

霧の章

其の一　境界人《さかいびと》

旅支度を急がせたので、翌朝にはすっかり用意ができていた。為斗の身体を得た虚神は、狩衣《かりぎぬ》と括袴《くくりばかま》を身に着け、すっかり身軽な恰好《かっこう》で現れた。長い髪をまとめて、頭の後ろで縛っている。弓や、矢の束を入れた箙《えびら》を背負い、なかなかに勇ましい。

その姿は、出羽にいた頃の為斗を彷彿《ほうふつ》とさせた。京に来てからはあまり見せたことのなかった笑みが、意気揚々とした顔に浮かんでいる。

(私は野の鳥を、無理やり籠《かご》に閉じ込めていたのだろうか)

そんなことを思っていると、真継が傍らにやって来て、こう声をかけた。

「昼過ぎには雨になるかと……」

真継は雲に覆われた空に視線を向けている。

「雨中の山は、やっかいにございましょう」

その声音が、どことなく不満そうだ。

為斗の身体を虚神が得たことに、真継は不安を覚えているのだ。譲からその話を聞いた時、「物の怪《け》を信じるのですか」と、珍しく声を荒らげた。

――虚神ではなく、私を信じてくれ――

譲はそう言って、なんとか真継を説得した。だが、その後は、自分を供に連れて行けと、相当粘られたのだ。

――考えてもみよ。先日の騒ぎがあったばかりだ。私に代わって屋敷を守る者が要る。今、姫の中には為斗がいるのだ。そなたには、なんとしてでも、この二人を守って貰わねばならぬ――

「私が心より信頼できるのは、そなただけだ」

最後の一言で、ようやく留守役を承諾させたのだった。

麓《ふもと》までは馬で行くことにした。都を出て、桂《かつら》の大川を渡る。先年の大雨で唯一の橋が流されていた。雨になり、水嵩《みずかさ》が増せば、渡るのも困難になる。

時満が衛士《えじ》等を連れて姫の救出に向かった頃は、まだ梅雨の時期ではなかった。

京は朱雀大路《すざくおおじ》から西へ行くほどに湿地や沼が多くなる。一旦《いったん》、大雨が降ろうものなら、それらは繋《つな》がって幾つもの川となって流れ始める。流れ込む先は桂川だった。

出立の時が来ても、為斗は現れなかった。

どうやら未《いま》だに目覚めないようだ。

為斗の言うように、やはり姫の身体も相当弱っていたのだろう。昨夜、虚神が神霊の力を使ったことで、余計に拍車が掛かったようだ。

「くれぐれも為斗を頼む」

譲は改めて真継に言った。真継は神妙な顔で頷《うなず》いた。

何気なく視線を移すと、嬉しそうに馬に寄り添う虚神の姿が目に入った。

いや、それは為斗そのものだ。一瞬、真継が感じているのと同じ懸念が、譲の脳裏を過《よぎ》った。この山の神霊は、姫の魂を取り戻した後、本当に為斗の身体を返してくれるのだろうか……。

二頭の馬の背には、酒の入った竹筒が、左右に五、六本ずつ括《くく》りつけられていた。虚神が求めていた「美味い酒」だ。他に、握り飯を竹皮で包んだものと、玄米を蒸し上げてから干した「干し飯《いい》」の入った袋もある。

「では、参ろう」

虚神は意気揚々と馬に飛び乗っていた。

屋敷を出た二人は、まず南に下り、七条大路《しちじょうおおじ》に出た。そこからひたすら西へ向かう。

東市を抜け、朱雀大路を越えて西市《にしのいち》を通る。市ともなるとさすがに人通りはあるが、開いている店も少なく、どこか閑散としている。その中に一軒だけ、小間物を置いている店があった。

虚神の視線が吸い寄せられている。店先に色鮮やかな飾り紐《ひも》が並んでいた。たとえ客が来なくても、それが生業《なりわい》なのだ。

店の主人が気の毒に思えたのに加えて、虚神が関心を示したこともあって、讓は紐を贖うことにした。

讓は虚神にその場で待つように言うと、店に入り、濃い紅の飾り紐を買った。虚神の漆黒の髪を束ねている元結《もとゆい》を取ると、飾り紐で結び直してやる。艶やかな黒髪に、紅が映えて実に美しい。

「よく似合う」と言うと、虚神は嬉《うれ》しそうに笑った。

讓の胸が一瞬ドキリと跳ね上がった。為斗が京に来たばかりの頃、同じように飾り紐を買ってやったことを思い出したのだ。

(あの時の為斗の顔は、恥じらいを含んで美しかった)

そんな思いが胸を過り、讓はすっかり慌ててしまった。

目の前の為斗は、為斗の姿をしていても、全くの別人なのだ。改めて、讓は己に言い聞かせた。

西市を通り抜け、道祖大路《さいおおじ》、木辻大路《きつじおおじ》と越えて行くと、めっきり人家も少なくなった。

昨年の秋の大風の頃、降り続いた長雨で桂川が氾濫《はんらん》した。多くの人が流され、家を失ったが、その痕跡《こんせき》は今も残っていた。

所々に掘立小屋が建っていて、京職《きょうしき》の役人が大鍋《おおなべ》で粥《かゆ》を煮ている。その様子を横目で見ながら馬を進めて行くと、桂川の辺《ほとり》に出た。

その時、ぽつりと譲の頰に雨粒が当たった。雨が降り始めたのだ。譲は川の浅瀬を選んで馬を乗り入れた。

渡り切った頃、雨は本降りになった。目前には霧に霞《かす》む山が立ちはだかっている。

川沿いをしばらく北へ向かって行くと、道が二手に分かれた場所に出た。左側の脇道は、草も生い茂り道幅も狭い。さらにその先は山中の深い闇に吞み込まれている。

山へ入るには、この道を行くしかないが、すでに日も暮れようとしていた。

「まっすぐ行けば、鵜飼《うか》いの村がある」

譲は歩みを止めた。

「じき雨も強くなる。今夜は村で宿を取ろう」

鵜飼部《うかいべ》は、鵜《う》を使って鮎《あゆ》などの川魚を取り、禁裏に納めている。長《おさ》は京官職の役人が務めているので安全に思えた。

「山道を行くぞ」

　譲に逆らうように、虚神が強い口調で言った。

　譲が躊躇《ちゅうちょ》している間にも、虚神はさっさと馬を降りていた。轡《くつわ》を引きながら、樹木の生い茂る中へ入って行こうとする。

　譲は慌てて馬から降りると、虚神の狩衣《かりぎぬ》の袖《そで》を摑《つか》んだ。

「ここは我の山じゃ。大人しゅうついて来るが良い。それとも我が信じられぬのか」

　虚神は怒ったように譲の手を振り払った。

　ふと虚神の髪の飾り紐が目に留まった。紐を結んでやった時の、虚神の無邪気に喜んでいた顔が思い出された。

　その顔を信じてみようと思った。いずれにせよ、右も左も分からぬ「惑いの山」で、頼れるのは、この「神」だか「魔物」だか分からぬ虚神だけなのだ。

　そこは山道というより獣道であった。道に分け入った譲は、間もなく虚神に従ったことを後悔していた。雨のせいで膝《ひざ》まである草は湿り気を帯び、衣服は濡《ぬ》れて重たかった。

　夏だというのに、暗くなるほどに寒さが増して来る。時折、馬が進むのを嫌がるので、宥《なだ》めるのにも苦労した。

今さらのように、基経の娘の身柄を預かったことが悔やまれた。だが、為斗を守るためには、他に方法がなかったのも事実だ。

その上、虚神には為斗の身体まで与えてしまっている。虚神は為斗の身体が大層気に入っているように見えた。

一刻も早く姫の魂を元へ戻し、虚神を為斗の身体から追い出さねば、永遠に為斗を失うような気がした。

やがて目の前に畑が現れた。藁屋根《わらやね》の民家がぽつりと建っている。家の側には楡《にれ》の大木があった。

雨が一層強くなった気がした。今まで林の中にいたので、雨の勢いがさほど気にならなかったのだ。

譲は民家の戸を叩《たた》いた。雨の音に消されたものか、住人はなかなか気づかない。それでも、ほどなくして、ゴトゴトと音を立てて扉が開いた。

現れたのは小柄な老人であった。

「おや、このような晩に、都の御方が何の御用ですかな」

「この雨に難渋しております。一夜の宿を乞いたいのですが」

譲は丁寧に頭を下げた。老人の白い眉《まゆ》の下の細い糸のような目が、譲の背後にいる虚神に向けられている。

「どうやら盗賊の類ではなさそうじゃ。ささ、お入り下さい。馬はそちらの納屋にお繋《つな》ぎ下され」

囲炉裏には大鍋が掛かり、串《くし》に刺された鮎が五匹ほど突き立てられていた。全身にうっすらと塩の衣を纏《まと》った鮎は、すでに香ばしい匂いを漂わせている。譲の腹がぐうと鳴った。

老人は視線を虚神に向けた。虚神は酒の竹筒を三本ほど、老人の前に差し出した。

「宿を借りる礼じゃ」

老人は竹筒を受け取ると、すぐに栓を抜いていた。

「おお、良い香りじゃ」

一口飲んでから、「甘露、甘露。これで寿命がさらに延びますわい」と、その顔に皺《しわ》を刻んで笑った。

老人は竹筒を両腕で抱え込むと、よっこらしょと腰を上げる。

「わしは酒を楽しみますゆえ、後は勝手にやって下され。汁も鮎も、すべて進ぜましょう」

「御老人、白い鷹《たか》を見てはいないか」

譲は問いかけた。

「はて、白鷹《はくよう》、とな」

老人は首を傾げる。

「先日、北西の方角に飛び去って以来、見てはおりませぬな。ただ……」

と、老人はその足を止める。

「あの白鷹は、鷹取女《たかとりめ》が狙《ねろ》うておりまする。今頃は捕えられているやも知れませぬな」

「鷹取女……？」

さらに問おうとしたが、老人はそそくさと隣の部屋へ入り、ぴしゃりと板戸を閉めてしまった。

「確かに、酒が役立ったな」

譲は改めて虚神を見た。

「山の者には、金よりも酒だ」

虚神は当たり前のような顔で、鮎の頭を食い千切る。

「鷹取女とは、いったい何者なのだ？」

「人が死ぬと魂はこの山へ来る」

虚神は鮎の身を頬張りながら答えた。

「魔道山に、か……」

すると口元を拭《ぬぐ》いながら、虚神はちらっと譲を見た。

「それは、そなたら都の者が勝手に付けた呼び名であろう？」

「『惑いの山』が、『魔道山』になったと聞いたが……」

「まあ、似たようなものではあるな」

一つ頷《うなず》くと、虚神は竹筒の酒を飲む。

「ここは我の山であり、我の世だ」

「我の世……」

「この山には常闇《とこやみ》がある。人が『あの世』と呼んでいるものだ」

「では、我らは、生きながら死者の国にいるというのか？」

譲は驚いて声を上げていた。

「愚か者め。まだ死んではおらぬだろう」

呆《あき》れたように虚神は言った。

「常闇は山の中心にある。ここはまだその途中だ」

少しだけ安堵《あんど》したが、不気味なことこの上ない。

「この山の鷹は、人の魂を常闇に運ぶ。鷹取女は、その鷹から魂を奪うのじゃ」

「奪《うば》うてどうするのだ？」

「喰《く》らう」と虚神は言った。その手がすでに三匹目の鮎に伸びている。

「我が、魚を喰うておるのと同じことじゃ」

それがどうかしたか、と言わんばかりだ。

その時、譲はあることに気が付いた。

「今、鷹が魂を運ぶと言うたな」

問われて、虚神は譲に視線を向ける。

「白鷹の中には、藤原の姫の魂があるのではなかったか？」

そうだ、と虚神は頷く。

「鷹取女が白鷹を捕えれば、姫の魂はどうなるのだ？」

「生人であれ死人《しにびと》であれ、魂は魂じゃ。鷹取女は拘《こだわ》らぬ」

虚神は平然と言い切った。あまりのことに譲は息を呑《の》む。

「こうしては、おられぬ」

譲は腰を上げた。

「白鷹が鷹取女とやらに捕まれば、姫は本当に死んでしまう」

そんなことになれば……。

(姫があまりにも哀れだ)

基経の怒りが己に向けられることよりも、譲は姫の身を案じた。

ところが、虚神は満腹になったのか、ゴロリとその場に横になった。

「我は眠うなった。人は夜は休むものじゃ。焦ったところで見つかるものではあるまい」

あまりにも暢気《のんき》なその態度に、譲は腹が立ったが、確かに夜の山中を行くのは無謀だと諦《あきら》めるしかなかった。

夜半になって雨は止んだ。板戸を閉め切っているので、しだいに蒸し暑くなっていた。

少しばかり眠ったようだ。譲は寝返りを打つと、囲炉裏の向こうを見た。ところが、そこに寝ている筈《はず》の虚神の姿がない。

(逃げられたか……)

譲は慌てて跳び起きた。

あれほど為斗の身体が気に入っている虚神だ。このまま姿を消してしまいかねない。深い山中に隠れられたら、もはや譲には見つけようがなかった。

譲は急いで家を出た。雲の切れ間から月が見えた。下弦を過ぎた頃だ。満月ほどではないにしろ、周囲を見るには困らなかった。

どこかで梟《ふくろう》が鳴いていた。頬を撫《な》でる風が涼しい。

(出て行ったばかりだと良いのだが……)

譲が四方を眺めまわしていた時だ。

カサリと物音がした。ささやかな月明かりを頼りに音のした方を見ると、丁度、虚神の物らしい狩衣《かりぎぬ》が、木の間に消えて行くところだった。

すぐに後を追おうとしたが、左右から伸びる樹木の枝が行く手を遮っている。譲は懐から短刀を取り出し、右、左と枝葉を切り払いながら進んだ。

そこは、来た時とは別の獣道だ。

濡《ぬ》れた草が足に纏《まと》いつき、絡みつく。枝を透かして差し込んで来るわずかな月明かりも、たびたび雲に遮られ、その度に周囲の闇は大きくなった。恐怖がしだいに募って来た。虚神の姿はすでに見失っている。どこへ行ってしまったのか、譲に分かる筈もない。

仕方なく、譲は老人の家へ戻ることとした。振り返ると、そこにもまた闇がぽっかりと大きな口を開けていた。

獣道は一本道だ。枝を折った痕跡《こんせき》がある筈だったが、辺りを見渡している内に、前後の感覚が分からなくなって来た。

夜空を見上げた時、目眩《めまい》を覚えた。頼みの月は、相変わらず雲間に隠れたままだ。

その時、荒い息遣いが聞こえ、譲の身体が緊張した。あちこちで草がサワサワと揺れ、木々の枝葉が露を雨のごとく降らせる。

ガサリ、と草を踏みしだく音がした。

ガサリ、ガサリ、ガサリガサリ……。音はしだいに増えて行き、譲は音に取り囲まれている己を知った。

慌てて腰に手をやって、そこに太刀がないことに気が付いた。虚神を追うことで頭がいっぱいで、太刀にまで気が回らなかったのだ。戦場にいた頃はあり得なかったことだ。譲は己の愚かさを悔いていた。

突如、強い衝撃を全身に受けた。咄嗟《とっさ》に身を躱《かわ》した譲の耳元で、嚙《か》み鳴らす牙《きば》の音が聞こえ、頰に獣の毛を感じた。

すかさずその身体を抱え込み、横に投げ倒した。着物の袖《そで》を強く引っ張られ、逃げようとした時、袖が裂けた。身体が前につんのめり、湿った草の中に顔を突っ込んだ。そのまま這《は》いずって前に進み、目の前にあった太い木の幹にしがみ付いた。ザラザラの木肌の感触が頰に痛い。だが、今は立ち上がって体勢を直すことが先決だった。

幹を背に立ち上がり、顔を上げた。その瞬間、獣の唸《うな》りが耳元で聞こえ、身体が大きく弾《はじ》き飛ばされた。

枝葉に溜《た》まっていた雫《しずく》が、雨のように降り掛かる。草の中に仰《あお》向けに倒された譲は、胸を押さえつけられ、身動きも取れない。

押しのけようと、両腕を上げた時、右腕に激痛が走った。獣の牙が喰らい付いたのだ。

左手で探ると、毛むくじゃらの大きな塊に触れた。その毛を掴み、なんとか引き離そうと譲はもがく。その時だ。

「その者は客人ぞっ」

鋭い声が、深い森の闇を刃《やいば》のように切り裂いた。

ふいに、空気が軽くなったのを感じた。腕に食い込んでいた牙が外れ、身体を押さえつける重みもなくなった。

譲はほうっと深い息を吐いた。それからなんとか半身を起こした。

雲が切れたのか、辺《あた》りがほんのりと明るくなった。黒々とした枝葉を通して月光が差し込み、わずかながら周囲の様子が見えて来た。

黒っぽい筒袖《つつそで》に小袴《こばかま》姿の男が、譲を見降ろしている。腰に山刀を挟んでいた。一見、猟師のようだ。伸び放題の髪を蔓《つる》で結わえ、口から顎《あご》にかけて濃い髭《ひげ》が覆っていた。傍らには、明らかに狼とも見える獣が蹲《うずくま》っている。男は、さらに十頭ばかりの獣を引き連れていた。

「許せ。彼等は『山守《やまもり》』だ」

熊か狼の化身のような男が、申し訳なさそうに言った。男は見覚えのある竹筒を持っている。譲が都から持って来た物だ。

「なぜ、その酒を……」

思わず声を上げた譲の背後で、虚神の声がした。

「都人がこの山へ入るには、それなりの礼がいる」

「いったい、どこへ行っていたのだ」

安堵と共に怒りが湧いた。声音は自然に厳しくなった。

「随分、案じたのだぞ」

この時になって、腕の傷が痛み出した。改めて見ると、右腕にくっきりと狼の歯形が残っている。傷からは血が滲《にじ》み出ていた。

「ただの警告だ。本気ならば、とっくにお前は腕を失っている」

男はそう言って、美味《うま》そうに喉《のど》を鳴らして酒を飲んだ。

「我はこの者に会いに行ったのだ」

あっけらかんとした態度で、虚神は男を見た。

「貰《もら》った酒の分は返そう。身の安全は守ってやる」

男は青竹の酒を掌《てのひら》に受けた。竹筒は、五、六本あったが、たちまち狼どもに飲み尽くされてしまった。

満足した狼の群れが闇に消えて行くと、「どれ」と男は譲の傷ついた右腕を取った。狩衣の袖が千切れかけている。男は破れた袖を引き裂いた。それから、腰につけていた小袋から何やら青臭い匂いのする塊を取り出して、傷口に塗りこんだ。

「血止めの薬草を、焼酎《しょうちゅう》と猪の脂で練ったものだ。牙の痕《あと》は残るが、傷が膿《う》むことはない」

男は譲の狩衣の袖を細長く裂いて、腕に巻き付けた。

「それにしても、都人が夜更けに一人でこの山を歩き回るとは……」

男は呆《あき》れたように言ってから、虚神に視線を向けた。

「この者は、我が逃げたと思うたのだ」

虚神が不服そうに言った。

「なるほど。その身体を案じたのだな」

と、男は納得したように頷く。

「当たり前だ」

譲は声音を強めた。

「為斗の身体に傷でもつけたら、私は決してあなたを許さぬぞ」

「そういう訳だから……」

わざとらしく顔を顰《しか》めて、虚神は男を見た。

「そなたも、我を守らねばならぬぞ」

「『気霊《けみ》』を俺が守るのも、おかしな話だが……」

「けみ……?」

譲は思わず問い返していた。初めて耳にする言葉だったからだ。

「『気霊』は山の気に魂が宿ったものだ。お前たちは『神霊』とでも呼ぶのだろう」

「『魂』とは、人に宿るものなのではないのか？」

譲の言葉に男は小さく笑った。

「この世のありとあらゆるものに『魂』は在る。この山の木にも草にも、川や岩にも、先ほどの山守にも、水にも……。ただ、魂の性質がそれぞれに違うだけだ」

「虚神は、『気霊』なのか？」

譲は視線を虚神に移した。

「うつろがみ……」と呟《つぶや》いて、男は怪訝《けげん》な顔をする。

「この者はそう呼んでおる。名があるのも、悪いものではない」

虚神はどこか嬉《うれ》しそうだ。

「そなたは、猟師なのか？」

譲は男に尋ねた。

「そんなところだ。名は玄兎《げんう》」

(兎だと？　狼の間違いではないのか)

そう思ったが、さすがに口には出さなかった。虚神が吹き出しそうな顔をしている。

譲の心を読んだのだろう。

「私は検非違使《けびいし》の少尉《しょうじょう》を務める、源……」

譲が名乗ろうとした時だ。いきなり虚神が口を挟んだ。

「この者は、惟忠だ」

「これただ、か」

玄兎は口元に薄い笑いを浮かべる。

「検非違使とか、『みなもと』とか、そんな面倒な呼び名よりもはるかに良いな」

そういうことか、と譲は思った。虚神にとっては、譲が幼い頃に自ら名乗った「惟忠親王」の方が心に残っているのだろう。

それにしても、「親王」の尊称まで取り払われてしまった。譲はそのことを、自分が不快に思っていることに気がついて戸惑いを覚えた。

「惟忠親王」の名は、ただの呼び名ではなく、彼の出生、身分を示すものだ。臣籍に下った時、すべて捨てたつもりであったのに、「源譲」となってからもなお、心のどこかに、その名を誇る気持ちが残っていたのだろう。

たとえ臣下となっても、自分は文徳帝の皇子《みこ》であり、皇統であると言う誇りだ。

しかし、虚神はともかく、玄兎には人の身分などに拘《こだわ》りはないようだった。それを咎《とが》める気は譲にはない。いや、むしろ、その拘りを己が持っていたことが恥ずかしかった。

ここは都とは違うのだ、と改めて思った。真継はいない。己の味方になる者など一人もいない。為斗でさえ、為斗の姿をした、得体の知れない「気霊」なのだ。

玄兎は屈強な身体をした男であった。身長も、頭一つ分、譲よりも高い。その心に何を思っているか分からない虚神よりは、頼りになるような気がした。何よりも、玄兎は「人」に見えたのだ。

「朝が来る。そろそろ戻るぞ」

空を見ながら虚神が言った。

夜明けを迎え、周囲は青い靄《もや》に包まれていた。明るくなって来る中で、譲は自分の姿に目をやった。

狩衣《かりぎぬ》の右袖《そで》はなくなり、左側もほとんど取れかけていた。袴《はかま》は露で濡《ぬ》れ、泥に塗《まみ》れている。頭に手をやってみると、烏帽子《えぼし》はすでにどこかへ飛んでいた。元結が解《ほど》け、髪は童のように肩先に乱れ掛かっていた。

虚神が己の髪を束ねている紅色の飾り紐《ひも》を解いた。譲の背後に回り、その紅紐で彼の髪をしっかりと縛ってくれた。

「これで邪魔にはなるまい」

譲の肩を軽く叩《たた》くと、虚神は玄兎に言った。

「夜が明ける前には戻りたかったのだが……」

間もなく、その言葉の意味が分かった。

戻ると、あの老人のいた藁《わら》屋根の家が、畑共々なくなっていた。ただわずかばかりの空き地があるだけだ。

「馬と酒は持って行かれたな」

虚神が残念そうに言った。

「家がない。あの老人は、どうしたのだ？」

訳が分からず、譲は虚神に問うた。

「白蛙老《はくあろう》は、夜の番人だ。昼間は存在しない」

「私があのまま家にいたら、馬と共に消えていたのか」

「その前に白蛙老に追い出されている。ほれ、そこに……」

玄兎の目線の先に楡《にれ》の木がある。二人の弓矢と譲の太刀が根元に立て掛けてあった。

「武器を残して行くだけの良心はあったのだな」

譲は安堵《あんど》した。

馬は最初からここで預かって貰うつもりだった。消えてしまった残りの酒も、その代償だと思えば腹も立たない。

「さて、どちらへ向かうかだが……」

身支度を終えると、さっそく虚神が譲に聞いて来る。決めるのは譲自身だと言いたいのだろう。

「あの老人は、白い鷹《たか》は北西に向かったと言っていた。そちらへ行くべきではないか」

まず山頂を目指し、それから北西へ向かう。そこからなら、船岡山《ふなおかやま》や愛宕山《あたごやま》が見える筈《はず》だ。方角も見極め易い。

日輪で方角を定めようにも、周囲は鬱蒼《うっそう》とした森であった。梅雨空に晴れ間は期待できない。高い所にいるのか、低い場所なのか知ろうとしても、来た道の様子も覚えてはいなかった。何よりも、ここが深い山中なのか、里に近いのかも分からない。

「己の求めるものならば、己の心に従って進むのだ」

虚神が諭すように言った。

「心に強く念じて進むのだ。ただし、一度この道と決めたら、決して迷いを持つな」

「迷えば、どうなるのだ」

ふと、譲の心に不安が過《よぎ》る。

「山に喰《く》われる」

玄兎が声を落として言った。

「だからこの山は『惑いの山』であり、『魔道山』なのだ」

虚神が譲の耳元で囁《ささや》いた。この先が楽しみだとでも言うような、どこか弾んだ声だ。

「お前に案内を付けてやろう」

玄兎は懐に手をやると、何やら黒い物を取り出した。その大きな手の中に、ふんわりとした毛の塊が載っている。

その塊から、いきなりピコンと長い耳のような物が飛び出した。譲が目を凝らしていると、その生物は目を大きく開き、瞬《まばた》きをした。それは黒い毛をした子兎だった。

「闇王《やみおう》だ」と玄兎が言った。兎の名前にしては妙に立派だ。

「お前の望む方向へ連れて行ってくれる」

闇王は玄兎の手から飛び降りると、じっと譲を見上げた。この子兎が譲の考えを察して、姫の魂のある場所へと導いてくれるという。なんとも心許《こころもと》ない案内人であった。

道は相変わらずの獣道だ。いや、そもそも「道」とは到底呼べない。草の丈は膝《ひざ》の上まであった。しかも雨水をたっぷりと含んでいる。それが譲の袴を重く濡らす。玄兎が先に立ち、行く手を遮る木々の枝を払ってくれた。虚神は譲の後ろにいたが、消えたのかと思えるほど、気配がなかった。

どこまで行っても暗い森の中だ。空は絡みあった枝の隙間から、わずかに覗《のぞ》くだけなので、まるで井戸の底にでも落とされたような気分だ。息苦しいほどの圧迫感に、譲の身体は疲れ切っていた。

「そろそろ休もうではないか」

譲はついに音《ね》を上げた。

「しばらく待て。この先に水場がある」

玄兎に励まされ、さらに奥へ進んで行くと、やがて、少しばかり広い場所に出た。左手の深い帳《とばり》のような木々の間に、白く裂け目が走っている。近寄ってみると、いきなり視界が広がり、そこが切り立った崖《がけ》の上なのが分かった。遥《はる》か下方に渓谷がある。川の音が聞こえていた。

「ありがたい」

譲は周囲の岩にしっかりと手を掛けながら、注意深く崖を下って行った。

玄兎は驚くほど身軽だった。あっと言う間に譲を追い越すと、岩場から彼を見上げている。虚神は狩衣の袖をはためかせながら、ふわりと飛び降りていた。

譲には二人の真似など到底できない。一段一段、慎重に足場を確保しながら、やっとの思いで岩場に辿《たど》りついた。

山中にいた時よりも、空が広い。どんよりと曇っているが、その中を黒い点が幾つか動いているのが見える。

「鷹だ」と、玄兎が言った。

「白鷹《はくよう》も、あそこにいるのだろうか？」

「白鷹はめったに姿を見せない」

玄兎は気の毒そうに譲を見た。譲は思わずため息をつく。

白鷹がただの鷹ではないことは分かっていた。何しろ、あの「気霊《けみ》」の器であったのだ。

「呼び寄せる方法はないのか」

虚神にはそれができるのではないか、ふとそう思った。向こうから来てくれるなら、これほど楽なことはない。

「我が本来の力を使えば、どうなるのかはすでに知っておろう？」

虚神は、少しばかり意地悪そうな目で譲を見た。姫の身体で、譲を瘴霊《しょうりょう》から救った時のことを言っているのだ。

「神女がどうなっても構わぬのなら、いつでも呼んでやろう」

「それは、困る」と、譲は慌てた。

「いずれにせよ、白鷹を求めているのは、お前であって、俺でもなければ気霊でもない」

玄兎は髭面《ひげづら》の顎《あご》を撫《な》でながら、当然のように言った。

「俺はこの山でお前を守るのが役目。闇王は案内役……」

「そなたは、いったい何者なのだ」

改めて譲は玄兎に尋ねた。

夜にしか姿を現さず、朝には小屋ごと消えてしまった白蛙老といい、狼の群れと共に現れた玄兎といい、もはや彼等はただの「人」とは思えない。

怖れる気持ちがない訳ではないが、都にいる二つ顔の者に比べて、なぜか彼等の方が心が許せるような気がした。

「俺は『境界人』だ」と、玄兎は答えた。

——さかいびとは、我の世と人の世を行き来する——

虚神は譲にそう言った。虚神の言う「我の世」とは、この「魔道山」のことだ。

「人の世」とは、おそらく都のことであろう。

「白蛙という老人も、境界人なのか？」

「まあ、そんなところだ。俺たちは、都の者を、『やまとびと』と呼んでいる」

都に暮らす「やまとびと」と、魔道山に棲《す》む「さかいびと」。姿形は似ていても、持っている力はどうやら違うらしい。何よりも、彼等は「気霊」を知っていた。

なぜか羨ましいと思う自分がいる。玄兎に「やまとびと」と言われた瞬間、譲が感じたのは、一抹の寂しさだった。

（ここでは、私は余所者なのだ）

そう思っていた時、それまで黙って話を聞いていた虚神が口を開いた。

「腹が減った」

譲はハハと笑った。たとえ気霊でも、今は譲と同じ「人」なのだと思えたからだ。

「よし、飯にしよう」

玄兎は火を熾《おこ》すと、闇王を呼んだ。

闇王はよほど譲が気に入ったものか、彼の傍らに寄り添うように、ちょこんと座っていた。闇王は長い耳をぴくりとさせて、玄兎の前に寄って行く。

「岩魚《いわな》を獲《と》って来い」

その言葉を合図に、闇王の身体に変化が起きた。急に大きく成長したかと思うと、耳がどんどん小さくなり、たちまち獺《かわうそ》に姿を変えた。茫然《ぼうぜん》としている譲の目の前で、獺となった闇王は、するりと川に飛び込んだ。

黒く細長い影が、水中を縦横無尽に泳ぎ回っている。しばらくすると、魚が川面《かわも》から飛び出して来た。

岩の上には数匹の岩魚が跳ねまわっている。玄兎はそれを拾い上げると、一匹ずつ細い木の枝に突き刺し、焚火の周りに並べた。

闇王が岩場に這《は》い上がって来た。玄兎は二匹の岩魚を投げてやる。

「お前の取り分だ」

闇王は口を大きく開けると、牙《きば》を剝《む》き出しにして魚にかぶりついた。

間もなく、辺りには魚の焼ける香ばしい匂いが漂い始めた。

岩魚を平らげた閻王は、再び子兎の姿に戻り、今度は譲の膝の上で眠そうに丸くなった。

「これは、いったい何だ？」

膝から追い払う訳にも行かず、恐る恐る譲は玄兎に尋ねた。

「獣霊だ。つまり、獣の気霊だ」

玄兎は焼けた魚を譲に差し出しながら言った。虚神はすでに食べ始めている。

「てっきり兎だと思ったが……」

「必要に応じて形を変えられる。その姿の方が、お前には受け入れ易いだろう」

「他の姿にもなれるのか？」

「何を今さら」と玄兎は鼻先で笑った。虚神も笑いを堪《こら》えている。

「お前の腕に印を刻んだ山守が、その閻王なのだ」

その途端、うわっと叫んで譲は立ち上がっていた。その拍子に、黒い子兎は譲の膝からコロコロと転がり落ちる。

「閻王はそなたの血の味を覚え、そなたを主と認めたのだ。これほど頼もしい従者はいないぞ」

虚神が声を上げて笑った。

食事を済ませた頃、蛙が鳴き始めた。雲も厚みを増している。周囲は靄《もや》が掛かり、空気も冷えて来た。

「今夜はここに泊まろう」

玄兎は岩場を上がり、雨露を凌《しの》げる場所を探しに行った。

玄兎が見つけたのは、岩を組み上げたような洞窟《どうくつ》であった。内部は三人が入っても充分な広さがある。苔《こけ》も生えていて、寝床には丁度良かった。

「雨で川の水が増えても、ここなら大丈夫だ」

玄兎はそう言ってから、空に視線を向けた。

「夜中には止むだろう。夜にはまだ早いが、今日はもう休んだ方が良い」

曇っていて時はさだかではないが、夕刻にはまだ間があるようだった。それでも、譲はすでにひどい眠気を感じていた。疲れが全身を押し潰《つぶ》そうとしているようだ。

譲は身体を横たえた。湿った苔が青臭い匂いを放っていた。


深夜、譲は目を覚ました。熟睡したのだろう、重だるかった身体がすっかり軽くなっている。

武術で鍛えた身体だ。少々のことでは参らないと思っていたが、この山に入ってからの疲れ方は尋常ではなかった。

山には慣れていると思っていた。出羽国には、険しい峰を持つ山々がある。鍛錬を兼ね、鹿や猪を追って数日を山中で過ごしたこともあった。

それに比べれば、この『魔道山』は、あくまで都を囲む山の一つに過ぎなかった。都の西南に横たわり、丹波《たんば》国や摂津《せっつ》国とを隔てている。愛宕山や比叡《ひえい》山などと比べても、遥《はる》かに登るのも越えるのも容易《たやす》く思えた。

だが、山中深く入ってしまえば、まず方角が分からなくなる。人が入らないせいか、あるのは獣道ばかりだ。道を辿《たど》っていても、登っているのか下っているのか分からない。山頂を目指していたつもりでも、突然、谷に出ることもあった。

あるいは、同じ場所をぐるぐると巡っているだけなのかも知れない。樹木を切り開いて進んではいても、再び戻って来る頃には、まったく人の通った跡など消されてしまっているような気がした。

――己の心を信じて進め――

虚神には何度かそう言われた。

(自分の何を信じろと言うのだろう)

譲は藤原の姫を救うために山へ入った。姫の魂をその身体に宿しているという白い鷹《たか》を探しに……。

姫の魂を白鷹《はくよう》から姫の身体に移し、姫の身体からは為斗の魂を、そして、為斗の身体から、再び白鷹へと虚神の魂を戻せば、事はすべて元に納まる。

元の姫に戻れば、基経は譲に褒美《ほうび》をくれるだろう。その時は、迷うことなく、来年の県召《あがためし》の除目《じもく》で、地方職を頼むつもりだった。

橘広相の切実な思いも分かるが、どう考えても、譲には定省王を立太子させることに協力する義理がない。

橘広相は、いかに定省王が帝《みかど》に相応《ふさわ》しいかを熱心に語っていたが、それで民の暮らしが、すぐに豊かなものになる訳ではなかった。たとえ賢帝の御代《みよ》となっても、それを許さぬ者が必ず現れるだろう。

そうして、争いは繰り返される。そのことを思うと、譲はひどく気が重くなるのだ。

(瘴霊《しょうりょう》、と言ったか……)

人の悪念に憑《よ》りつき、力を与えるというが、そのような強い悪念が、京に流れ込んでいるとしたら、人の心はさらに荒廃して行くだろう。

今、都を席捲《せっけん》している凄惨《せいさん》な事件の数々は、広相の考えるように、政権を担う者の怠慢のせいだとばかりは言い切れぬものがある。人知を超えた、何かの力が働いているとしか思えない。

譲は寝がえりを打った。目を閉じても、川の音ばかりが耳につく。

譲はついに起き上がっていた。雨はすでに上がっている。洞窟の入り口が白々と明るい。

改めて周囲に目をやった。虚神も玄兎の姿もそこにはない。

急に強い不安を感じた。ここでたった一人残されてしまえば、譲は目的を達することも、山から出ることもできないだろう。

胸元がもぞりと動いた。手を入れてみると、温かな毛の塊に触れた。いつの間に入り込んだのか、闇王は譲の懐を寝床にしていたのだ。

(そうだ。私には案内がいた)

二人を捜すために洞窟を出ると、雲の切れ間から幾万もの星々の輝きが見えた。痩《や》せて来た月は心許《こころもと》ないが、辺りを窺《うかが》うには充分であった。

渓谷の両岸から樹木の枝葉が、夜空を覆いつくそうとするように伸びている。その間を行く星々もまた、天を流れる川であった。

(さて、どちらへ向かおうか)

譲は川の辺で考え込んだ。上流なのか、それとも下流なのか。

その時、再び譲の懐が動いて、闇王がひょいと顔を出した。闇王は譲の胸元から飛び出すと、眼前の岩の上に乗った。

長い耳がピクリと動く。黒く丸い眼に星々が映っていた。

闇王はピョンと跳ねて下流に向かった。ついて来いと言うように、二度ほど譲を振り返る。譲は闇王の後を追った。

しばらく行くと、川の流れが緩やかになった。大きな岩の塊を一つ越え、下を覗《のぞ》き込むと、滝壺《たきつぼ》があり、そこに虚神がいた。

水でも浴びていたようだ。楽しそうに、星明かりの下に裸身を晒《さら》している。

瞬間、心の臓を何かで摑《つか》まれたような気がした。

濡《ぬ》れた身体が銀鱗《ぎんりん》の龍《りゅう》のようで美しい。その身体に触れてみたいという衝動に駆られ、譲はひどく慌ててしまった。

（あれは、為斗ではない）

己に強く言い聞かせる。だが、心も身体も為斗であったならどうするのか？

愛《いと》しいという想いは、自分には許されない。そう思うことでこれまでの自分を抑えて来た。それは変わらぬ。いや、変えてはいけない、決して……。

「まさか、この山で再び蝦夷《えみし》の神女を見るとは思わなんだ」

背後で、いきなり人の声が聞こえた。譲は思わず飛び上がりそうになった。振り返るとそこにはあの白蛙老の姿があった。

「蝦夷が、この地にいたと言うのですか？」

一呼吸すると、譲はそう問い返していた。譲にとって、蝦夷とは東北の地にいる朝廷に歯向かう者たちであった。

「お前さんたちのような『やまとびと』が来る前までは、この地には蝦夷がいたのだ」

白蛙老《はくあろう》は側の岩の上に腰を下ろすと、おもむろに語り始めた。

「当時の蝦夷の中には、『気霊《けみ》』をその目に見る者もいたし、わしら境界人《さかいびと》と交流する者もいた。彼等は、『やまとびと』との争いに敗れ、遠く東の地へと追われて行ったのじゃ」

「『やまとびと』が、蝦夷の地を奪《うば》うたのですか？」

これまで、譲はそんなことを微塵《みじん》も考えたことがなかった。

「人の世で人同士が争うのは、珍しいことではあるまい」

どこか憐《あわ》れむように白蛙老は言った。

「それもまた『世の習い』と、お前さん等は言うのじゃろう」

「境界人は、我らと同じ『人』ではないのですか？」

「さあて、『人』であって、『人』ではなく、『気霊』であって、『気霊』ではなく……。それが『境界人』と呼ばれる所以《ゆえん》じゃろうて」

白蛙老は声を押し殺すようにして笑った。

「久しぶりに良い酒を堪能《たんのう》した。少々酔いが回ってしゃべり過ぎたようじゃ」

白蛙老は、腰に下げていた竹筒を、これ見よがしに譲に見せると、すっとその姿を岩影に消してしまった。現れる時も、消える時も、あまりにも突然だったので、まるで夢でも見ていたかのようだ。

譲の頭はすっかり混乱していた。もしそうであるなら、いったい、どこからが夢なのだろう。

(私は今もあの洞窟《どうくつ》にいるのだろうか?)

それとも、未《いま》だ白蛙老の家なのか、あるいは……。

彼は六条の屋敷にいて、姫の魂を探しに行くという不可思議な夢を見ているのだろうか。

やがて、為斗が起こしに来るのを待ちながら……。

譲は視線を虚神の方へ向けた。水浴を終えた虚神は、単衣《ひとえ》を纏《まと》って石の上に腰を下ろしている。

その様子が何やら楽しげだ。まるで、誰かに語りかけているように見える。

(いったい、誰がいるのだろう?)

不思議に思って、譲は虚神が向けている視線の先に目をやった。

虚神が座っている滝壺の対岸に、張り出した松の枝があった。その一本の枝に、何やらほの白い塊が浮き上がっている。

さらに目を凝らすと、その塊から翼らしき物が生えた。

(あれは、白鷹だっ)

譲が駆け出そうとした時だ。譲の傍らに、黒い人影が現れた。

ハッとしてその方を見ると、その人影の手から何かが飛んだ。銀色に光る細い綱のような物が一直線に白鷹へと向かって行く……。

咄嗟《とっさ》に、譲は人影に己の身体をぶつけていた。綱はたちまち勢いを奪われ、滝壺の水面を激しく叩《たた》いた。その音に驚いたように、白鷹は飛び立った。

川辺の砂地の上で、譲は人影を押さえつける。

「邪魔をするなっ」と、女の声が叫んだ。

長い髪を振り乱した女が、怒りに満ちた目で譲を睨《にら》みつけている。

「せっかく見つけた白鷹であったのに、何ゆえ、私の邪魔をするのだっ」

あまりの剣幕に、譲は思わず力を抜いた。

女は起き上がると、右手を一振りした。すると、先ほどの銀色の細い綱が、まるで生きているかのように女の腕に巻き付いたのだ。

「そなた、もしや鷹取女《たかとりめ》か？」

譲は問いかけた。女は裾《すそ》の短い着物に細帯を締めている。腰まである黒髪が馬の鬣《たてがみ》のように振り乱れていた。

「残念であったな」

いつの間にか虚神が傍らに立っていた。すでに衣服を整えている。

「何ゆえ、この山に『やまとびと』がおるのです？」

鷹取女は、怒ったように虚神に言った。

「幾ら、あなた様の連れでも許せませぬ」

「白鷹《はくよう》は見逃せと、あれほど言うておるだろうに」

「ならば、代りにこの男の魂を、私に下さいませ」

鷹取女は譲に目を移すと、ニヤリと笑った。眦《まなじり》が鋭く切れ上がった目に、大きく引き伸ばされた赤い唇が、夜叉《やしゃ》を思わせる。

「惟忠は我の客じゃ。手を出すな」

それまで物言いの優しかった虚神が、声音を強めてぴしりと言った。

鷹取女は怯《おび》えを見せて引き下がる。

「それに、今の白鷹の魂は、この男の探し求めておる物じゃ」

「生人の物なのは存じておりまする」

鷹取女は拗《す》ねたように言った。

「生人の魂は、死人の魂より味が良い。めったに手には入りませぬ」

いかにも口惜しいといった顔だ。

「この男にとっては大切な魂じゃ。諦《あきら》めるのじゃな」

すると、鷹取女の目がキラリと光った。

「諦めれば、代りに何を下さいます？」

問われた虚神は、視線を譲に向けた。

「こう申しておるぞ。礼はそなたがしろ」

「代りの物を……。この私が、か？」

ククと鷹取女は鳥のように笑うと、「深《ふこ》う考えずとも良い。礼をするのか、しないのか」と譲に詰め寄る。

「分かった。礼をしよう。そなたの求める物はなんだ？」

仕方なく譲は承諾することにした。

「ならば良かろう」

譲が約束したことで、鷹取女は機嫌を直したようだ。

「礼の品は考えておく。また会おう」

そう言うと、たちまち樹木の間に姿を消してしまった。

「あれで、良かったのだろうか……」

思わず呟《つぶや》くと、虚神は「良いのだ」と頷《うなず》いた。

「鷹取女は礼欲しさに、そなたが窮地に立てば助けてくれよう」

「そういうものなのか？」

それでは鷹取女の方が損のような気がする。

「本人が納得すれば、それで良いのだ」

妙に説得力のある口ぶりで、虚神が言った。

洞窟に戻ると、入り口に玄兎の姿があった。彼はすでに火を熾《おこ》し、何やら肉を焼いている。

「山鳩を捕まえた。もうじき夜が明ける。食ったらここを発《た》つぞ」

「夜中に狩りをするのか」

肉に齧《かじ》りつきながら、譲は玄兎に尋ねた。

「狩りだけではない。まあ、いろいろだ」

「この山はこの男の庭のようなものだ。いつでも、行きたいところへ行く」

「再び、白鷹は現れるだろうか」

「白鷹は、己を求める者の前には姿を見せぬ。ゆえに、鷹取女も難渋しておるのだ」

「それでは、二度と私の前には現れぬということか？」

「そなたが求める限りは……」

虚神の言葉に、譲は茫然《ぼうぜん》とする。

玄兎が低い声で笑った。

その時、焚《た》き火の炎に小枝が爆《は》ぜて、パッと火の粉が舞いあがった。一瞬、周囲が明るくなり、自分を見つめる男と女の顔が浮かび上がった。

境界人だという男と、気霊を宿す蝦夷の女……。「この世」と「あの世」が交差することの魔道山で、譲もまた、異質な者に為りつつあるような気がした。

其の二　妖蓮《ようれん》の沼

辺りが白々と明ける頃、三人は再び歩き始めた。

相変わらず、草に覆われていて道らしい道はない。雲は重く垂れ、山中深く入れば、周囲は薄暗く、籠《こも》った熱気が身体に纏わり付く。

まるで幾重もの衣を身につけているようだ。濡《ぬ》れて湿った草は、踏み出そうとする足を摑《つか》んで、なかなか放そうとはしない。

玄兎は慣れたもので、うっかりしているとすぐに引き離されてしまう。彼は時折立ち止まっては、譲が追いつくまで待っていてくれた。

虚神はさほど難儀をしているようには見えなかった。玄兎の踏みしめた草の上を、すべるような足取りで進んで行く。いつしか、虚神は玄兎と並んで、譲の先を歩いていた。

遅れがちになる譲を、玄兎と虚神が待つ。何度もそれを繰り返しながら、譲は自分の中の迷いと直面していた。

（藤原の姫がどうなろうが、私には関わりなどない）

思わず本音が顔を出す。

（基経の命令に、私が従わねばならぬ理由などないではないか）

――物の怪《け》がそなたを名指しした――

「惟忠親王」の名前など、基経の記憶の端にもなかった筈《はず》だ。

彼は天皇家を離れ、臣籍に下った。藤原氏の目の届かぬ所でひっそりと生きて行こうと、任地は都から遠く離れた東北を選んだ。

（私のことなど、覚えている者などいないのに……）

つい数日前までは、そう思っていたのだ。

元々、権力とは無縁だ。京の人々が安心して暮らせるよう、検非違使《けびいし》の仕事に専念していれば良かった。それが、基経から姫を預かった途端に、何やら騒がしくなった。

譲の知らない所で、密《ひそ》かに進められていたらしい彼の復位の目論見《もくろみ》も、はっきりと表われた。その途端、亡き父の密詔について問いかけられた。そのような物は、一度も耳にしたこともないというのに……。

（いったい、何が書かれているというのだろう）

橘広相は、密詔が譲の運命を変えてしまうほどの力を持つ、と言った。こうなると、否《いや》でも中身が知りたくなって来る。

その時、突然、視界が開けた。目の前に切り立った崖《がけ》がぱっくりと口を開けている。いつしか峰に向かって登っていたらしい。樹木の切れ間から、眼下の景色が望めた。

右手の遥《はる》か先に都があった。周りを山々に囲まれ、小さな箱の中に納まっている。桂川は大蛇のようにうねり、数々の池や沼地は、まるで飛び散った鱗《うろこ》だ。

東《とう》寺の塔や大寺の伽《が》藍《らん》が見える。屋根瓦《がわら》が黒い波のようだった。檜皮葺《ひわだぶ》きの建物が並ぶ通りも、御所の朱雀門から南へとまっすぐに続く大路も、何もかもが童の玩具《おもちゃ》だ。

（なんと小さなものだろう）

これが「人の世」か、と思った。

その「人の世」には、繰り返される洪水や飢饉《ききん》、疫病に嘆き苦しむ人々がいる。これほど離れていても彼等の怨嗟《えんさ》の声が耳に届くというのに、朝廷にあって、権力争いを繰り広げている輩《やから》には、どんな声も聞こえてはいないらしい。

三方を山々の連なりに囲われた都は、黒く重く垂れこめた雲に、今にも押し潰《つぶ》されてしまいそうだった。

譲は右腕を差しのべた。掌《ひのひら》で都を摑み、ぐっと力を込めて握り潰す。

「それがお前の望みか？」

玄兎の声が背後で聞こえた。

「都がいかに小さいか、改めて思い知ったのだ」

譲はわざと笑顔を作った。

ふと、虚神の姿が見えないことに気がついた。捜そうとした譲を玄兎が止めた。

「向こうに泉がある。気霊《けみ》はそこにいる」

水がよほど冷たいのだろう。驚きとも喜びともつかぬ声が聞こえた。まるで子供が戯れているようだ。

「人の肌で、水を感じるのが嬉《うれ》しいのだろう」

竹筒の清水を飲みながら、玄兎は言った。

「水だけではない。風も空気も、人に触れるのも……」

身体を持たない気霊には、本来そういった感覚はないのだろう。

「昨晩、白蛙老《はくあろう》に会った。かつてこの地に蝦夷《えみし》がいたことや、境界人《さかいびと》のことを教えてくれた」

譲は玄兎の顔を見つめた。背の高い堂々とした体軀《たいく》の男であった。顔の彫は深く、目鼻立ちははっきりとしている。顎鬚《あごひげ》が邪魔をして年齢はよく分からないが、三十歳は越えているだろう。

なんとなく、どこかで会ったような気がした。

「しかし、境界人がどういうものなのかを尋ねてみたが、何やら、適当に誤魔化されてしもうた」

「我ら境界人は、この山の息吹《いぶき》によって生かされている」

玄兎は視線を木立の影に向けた。その向こうには虚神がいる。

「気霊とは、この山の息吹だ。山のすべてを守り、生かしておる」

「つまり、魔道山そのものだというのか？」

譲には玄兎の言葉がなかなか理解できない。

本当に山一つ分が、人の身体に収まるものなのだろうか……？

「それに、そなたはどう見ても人にしか見えぬ。どこが我らと違うのだ？」

むしろ鷹取女《たかとりめ》の方が、化け物めいて見えた。魂を喰《く》うとかなんとか、騒いでいたせいかも知れない。

「時の流れであろうな」

玄兎は考え込むように首を傾げた。

「実際、俺はすでに百年ほど生きている」

まさか、と疑いの目を向けた時、背後で虚神の声がした。

「仲が良いのだな」

振り返ると虚神が立っていた。相変わらず足音一つさせないし、気配もない。為斗の身体である筈なのに、今ではすっかり虚神に取って代わられている。

（このまま、為斗の身体を奪われてしまうのでは？）

そう思うと焦りを感じないではいられない。

「先を急ごう。また雨になる」

玄兎が空を見ながら言った。

間もなく小雨になった。木々の枝葉を打つ雨音が、しだいに大きくなって来る。闇王の案内で、前へ前へと進みながら、ふと、自分はどこへ連れて行かれるのだろう、という疑問が湧いた。

昨晩の話では、白鷹《はくよう》は望む者の前には姿を現さない、と聞いた。ならば、永遠に出会えないではないか、と思うのだが、相変わらず闇王は譲をどこかへと導いている。

（この者たちには、何か別の思惑があるのではないか？）

さすがに不安を感じずにはいられない。

そんな時だ。枝葉を払って進んでいた玄兎の動きがパタリと止まった。

目の前に池がある。いや、水は澱《よど》んで黒く、むしろ沼のようだ。沼の周囲は草地になっている。水際《みずぎわ》に一本だけ樹が生えていた。無花果《いちじく》の樹だった。

濃い緑の葉の陰に、蘇芳《すおう》色をした実を幾つも付けている。その一つ一つが、それは大きくて立派だった。

甘く濃厚な香りが鼻先まで漂っていた。口中で、舌にねっとりと絡み付く果肉の食感が広がった。

無花果の実は譲のすぐ目の前にある。五つほどの実をつけた枝が、重そうに垂れていた。

手を伸ばそうとした譲を、玄兎が止めた。

「すぐにここから出よう」

その顔が妙に険しい。

「選《よ》りによって、ここへ来るとは……」

虚神が眉根《まゆね》を寄せた。

「連れて来たのは、闇王だ」

なぜ採ってはいけないのか、譲には分からない。なんだか菓子を取り上げられた子供のような気分だ。

「闇王は、お前の心が望む所へ連れて行くだけだ」

玄兎が強い口調で言った時、雨が一段と激しくなった。

「とにかく、ここにはいられない。急ごう」

玄兎は譲を促した。

しばらく進むと岩屋があった。さほど大きな洞ではないが、三人の身体は充分に収まった。ただ、さすがに雨脚が強くなると、岩屋の中まで雨が吹き込んで来る。

玄兎は表に出た。しばらくして戻って来た彼は、入り口を葉の茂った枝で覆い始めた。おかげで雨には濡《ぬ》れなくなったが、昼間だというのに、内部は随分と薄暗くなった。

　譲は空腹を覚えた。頭の中に、やたらとあの沼の無花果の実が浮かんで来る。

「あの実を食べようなどとは思うな」

　玄兎が深刻な顔で言った。

「たかが無花果ではないか」

　何を大袈裟《おおげさ》な、と譲は笑った。

　玄兎はそれには答えず、「これを食え」と、腰の包みから何かを取り出した。

「鹿肉を干した物だ。雨が上がれば、魚を獲《と》ってやる」

　仕方なく譲は干し肉を受け取った。しかし、心の中では不満がますます募って行く。

（私は無花果が食べたいのだ。魚も肉も、もううんざりだ）

　夜更け、二人が寝静まったのを確かめてから、譲はそっと起き上がった。

　入り口の枝葉を押し退けると、雨はすでに上がっている。雲はなく、晴れ渡った夜空に、星は銀粉をまき散らしたようだ。

　譲は懐の中の闇王に言った。

「あの沼のある場所へ、私を連れて行くのだ」

　闇王は譲の懐から飛び出すと、すぐに茂みの中へ走り込んで行った。

閻王に案内され、譲は再び沼の辺へとやって来た。昼間は黒々としていた沼の面が、星明かりを浴びて白く輝いている。無花果の樹は妖艶《ようえん》な女人のように、腕を差しのべて譲を誘っていた。

譲は実を採った。柔らかい実を壊さぬように口に運ぶ。口中にとろりとした甘さが広がり、芳《かぐわ》しい香りが鼻へと抜けて行った。

一つ、また一つ……。譲は夢中で無花果の実を食べた。不思議なことに、一口食べるごとに、まるで酒にでも酔ったように、身体がふわふわとして来る。

やがて、理由もないのに、何やら幸せな気分になって来た。

どれほど時が経ったのだろうか。どうやら眠っていたらしい。突然、誰かに引き起こされ、身体を強く揺さぶられた。

「これただ、惟忠、しっかりせよっ」

女の声が呼んでいる。譲は目を開けた。

一人の女が彼の顔を覗《のぞ》き込んでいた。美しい女だった。

「そなたは、誰だ？　なにゆえ、私を起こそうとする。良い気持ちなのだ。このまま眠らせてくれ……」

「惟忠、我が分からぬのか？　虚神だ。いいや、為斗だ」

女はさらに声音を強める。

「そのような者、私は知らぬ」

譲はかぶりを振って、女の腕を振り払った。

「私のことは放っておいてくれ」

「そなたの名は、何というのだ？」

霧の彼方《かなた》から聞こえるほどに、その声がしだいに遠くなって行く。

「私の名前？　私の名は……」

そうだ、私は何という名前なのだろう……。

そう思ったが、もうどうでも良くなっていた。何重にも纏《まと》った衣を一枚一枚脱ぎ捨てるように、身体がどんどん軽くなっていた。

衣を剝《は》がす度に、思い出も消える。良いことも、悪いことも……。それが、ひどく心地好《よ》い。

「沼に記憶を喰われたな」

霧の中で男の声が言った。

「明朝、蓮《はす》の花が咲けば、お前の記憶はすべて奪われてしまうぞ」

「頼むから私の邪魔をするな。私はとても幸福なのだ」

それが今の譲の願いであった。

私は何者でもない、そう思った。何者かである必要はないのだ、と自然に思えた。

今まで自分を縛っていた物から、すっかり解き放たれた気がした。何かを怖れていた気がする。何かを恨んでいた気がする。何かを悔やんでいた気がする。とても、長い間……。

もはや何も思い出せなかった。それだけで、こんなにも幸せな気分になれるのだ。白鷹などどうでも良かった。藤原の姫がどうなろうと、自分には関わりはない。望んでもいない帝位のために、命を狙われるのも沢山だった。

(煩わしい人の世から、逃げ出したい)

心の奥のどこかで、そんなことを望んでいたような気がした。

その時、ふいに女の顔に苦悩の色が浮かんだ。

女は樹にもたれて座り込んでいる讓の胸元をつかむと、沼の辺へと引きずって行った。とても女とは思えない力だ。

讓の眼前に沼の面が見えた。何本もの蓮の茎が水面に出ている。大きな掌《てのひら》のような葉を広げ、無数の蕾《つぼみ》を付けていた。

朝になれば蕾が開く。この沼一面を、蓮の花が覆う。

(私の記憶を喰《く》らって咲くというのか?)

それはそれで、きっと、とても美しい光景なのだろう……。そう思った次の瞬間、讓は沼へと突き落とされていた。

譲は真っ黒な水の中で必死にもがいた。手足をどれほど動かしても、身体はどんどん沈んで行く。どろりとした水が彼を呑み込み、そのまま深い底へと引きずり込もうとしていた。

口からも鼻からも水が流れ込んで来る。

（もう、だめだ）

そう思った時だった。

——その子を渡せ——

突然、女の声が耳元で響いた。驚いた譲は、はっと目を開いた。

そこには、母の夏萩がいた。

——その子を渡すのじゃ。さすれば、そなたの身は安泰じゃ。この後も暮らしが成り立つよう取り計ろうてやろう——

母と向かい合うようにして、一人の女が立っていた。豪奢《ごうしゃ》な衣装を纏ったその女は、凍りつくような声で母に命じた。

——子供をわらわに渡すのじゃ——

——惟忠をどうなさるおつもりですか——

譲をひしと抱き寄せると、母は不安を露《あらわ》にして言った。母の衣に焚《た》き染《し》められた香が、彼の鼻先で強く匂った。譲の父、文徳帝が亡くなってよりこの方、母はずっと鈍《にび》色《いろ》の喪の衣を身に付けていた。

抱きしめられた時、母の温《ぬく》もりを感じた。背中から母の激しい鼓動が伝わって来る。

――仏門に入れる――

女は強い口ぶりで言い放った。

――我ら親子はこのまま身を隠し、世を捨てて暮らします。どうか、惟忠を奪うことだけは、お許し下さいませ――

――密詔がある限り、その子は必ず火種となろう。後々の憂いを絶つためにも、仏門に入れるのが良策じゃ――

――この子は臣下にいたしますゆえ、御懸念には及びませぬ――

それでも女は、無理やり譲を母から引き離していた。

――そなたは、わらわから帝《みかど》の寵愛《ちょうあい》を奪《うば》うた。今度は、わらわがそなたの大切なものを奪うてやろう――

必死で譲を取り戻そうとする母を、傍らに控えていた女官等が押さえつける。

――それとも、そなたがその命をわらわに差し出すというのか――

女は声音を和らげた。

――ならば、この子には手を出さぬ。臣下として生きることを許してやろう――

母の目から大粒の涙が零《こぼ》れていた。

——感謝いたします。皇太后様——

女は清和帝の母、皇太后の明子であった。

母の前に毒酒が置かれた。母は最後に懇願するように明子に言った。

——この場より、惟忠を去らせて下さいませ——

夏萩は、母親の死を眼前に見せられる恐怖を、譲には与えたくなかったのだ。

しかし、皇太后はそれを許さなかった。

——とくと見よ——

譲を掻《か》き抱くと、女は甘い声で囁《ささや》いた。

——これが、藤原氏に逆ろうた者の末路じゃ——

譲の眼前で、母の美しい顔が苦悶《くもん》に歪《ゆが》んでいた。母は苦痛のあまり、傍らにあった箏《こと》にしがみ付いた。まるで断末魔の声を上げるように、箏の弦が切れ、母は口から血を吐いて絶命した。

——そなたのせいで、夏萩は死なねばならぬのじゃ。そなたが母を殺したのじゃ。

そのこと、よく覚えておくが良い。決して表に出ようなどと、思うでないぞ——

皇太后の言葉は、まるで刃物で刻みつけるように、幼い譲の胸に深い傷を残した。

その直後、譲は恐怖のあまり失神していた。丸一昼夜眠り続け、目覚めた譲に、周囲の者たちは、夏萩は病死したのだと告げた。

譲はその嘘を信じた。いや、信じたかったのだ。大人たちが隠そうとしているのなら、そうしなければならない理由があるような気がした。

幼子の目に、母の死に様はあまりにも酷《むご》かった。ましてや、その死が自分のせいだと言われたのだ。それを思うと、とても怖ろしくて夜も眠れなかった。

藤原氏に関わってはいけない。決して逆らってはいけない。それが、己が生き延びる道だ……。母の死は、幼い譲がそう心に刻んだ瞬間であった。

(忘れていた、何もかも……)

その時に感じた恐怖を、譲はまざまざと思い出していた。母の死に際も怖ろしかったが、明子の顔はもっと不気味であった。

冷たいほどに整っていた顔が、激しい嫉妬《しっと》と憎悪に歪んでいる。怒りに悲しみが加わり、到底、人の顔とは思えなかった。

――これが、鬼の顔なのか――

子供心に思った。母を殺された恨みよりも、(このようなモノには、二度と関わりたくない)、そう強く思ったのだ。

(なぜ忘れてしまったのだろう)

自分はなんという親不孝者だ、と譲は悔やんだ。何があったのか忘れてしまっても、彼は京を離れることを望んだ。

都は怖ろしい所、そう脳裏に刻み付けて……。

ひたすら水を掻き続け、思わず右腕を伸ばした時、手に草の感触があった。譲は必死で草を摑《つか》んだ。今度は左の手で草を握り締めた。力を込めると、頭が水面に出た。最後の息を吐いてから、思い切り空気を吸い込んだ。だが、今度は激しくむせてしまい、なかなか呼吸が思うようにならない。

誰かが両腕の付け根を摑んだ。譲の身体は徐々に引き上げられた。仰向《あおむ》けに寝かされてから、やっと譲は両目を開いた。熊のような男の顔が覗《のぞ》き込んでいる。玄兎であった。

「大丈夫か」、と彼は心配そうに尋ねた。

譲は呼吸が整うのを待ってから、身体を起こした。

周囲は一面白い霧に覆われていた。夜明けも間近のようだった。霧の立ち込める沼の面を見ると、蓮《はす》の葉も蕾もすっかり萎《しお》れている。

「朝には、花が咲くのではなかったのか？」

不思議な思いで、譲は玄兎の顔を見た。

「この沼の蓮は、人の記憶を餌にして花を咲かせる。気霊《けみ》がお前を助けたのだ。沼に放り込むことで、再び記憶はお前に戻って来た」

「忘れていた記憶まで、思い出してしまった」

しかし、夏萩が毒殺されたのは、文徳帝の死から三年も経ってからのことだ。

(嫉妬によるものならば、なぜ三年も待つ必要があったのだろうか)

元々、譲の母には地位のある後見人がいない。両親は生きてはいたが、祖父の身分は中流の貴族にすぎなかった。

(三年の間に、何かがあったのだ)

おそらくは、譲の身に関わる何か……。それには、やはり密詔が絡んで来るのだろう。

そうなると、皇太后の狙いは母ではなく、譲にあったような気がした。仏門に入れるというのは、あくまで口実だ。母から譲を取り上げた後は、生かすも殺すも明子の心次第だ。

夏萩はそれを知っていた。だからこそ、自らを身代りにしたのだ。

突然、これまで感じたことのない思いが、胸の奥底から突き上がって来た。それは強い痛みを伴い、深く、さらに深く譲の喉元《のどもと》を突き刺す。呼吸が苦しくなり、譲は思わず己の胸を叩《たた》いた。

怒りなのか、悲しみなのか、恨みなのか分からない。それらの感情が綯《な》い交《ま》ぜになって、まるで譲の命を絶とうとしているようだった。

(いいや、そうではない)

胸の中に何か邪悪なモノが生まれ、それが大きく膨れ上がって、今にも己の身体を食い破ろうとしているような、そんな感覚だ。

「惟忠っ」

突然、耳元で鋭い声が聞こえた。譲はハッと我に返った。

気が付くと虚神の顔が間近にあった。不思議なことに、為斗の顔がまるで虚神そのものに思える。

「しっかりするのだ、惟忠」

案ずるように虚神は言った。

「母は、私のせいで殺された」

改めて言葉にすると、余計に恨みが募る。

「それなのに、私はそのことをすっかり忘れて生きて来たのだ」

(なんと私は無情なのだろう)

譲は虚神に縋《すが》り付いた。

「私が、母を殺したようなものだ」

涙が溢《あふ》れた。虚神の顔がしだいにぼやけて行く。

「いいや、私が殺したのだっ」

思わず叫んだ時、虚神の手が譲の顔に触れた。譲の頬を両手で挟むと、虚神は宥《なだ》めるようにこう言った。

「己を見失うな。見失えば、瘴霊に憑《よ》りつかれるぞ」

「構わぬ」と譲は答えた。

「どうなろうと、構わぬ。この手であの女の命を絶てるものなら、私は喜んで瘴霊の宿主となろう」

力が欲しいと思った。生まれながらに高貴な地位にあり、望めば権力が天から降って来ると信じている輩《やから》を、この手で握り潰《つぶ》せるだけの力が……。

「約束を思い出せっ」

虚神は譲の顔を覗き込むようにして言った。

「我と、そなたの約束だ」

あの時の約束だ、と思った。母が亡くなった夜、白鷹《はくよう》と交わした……。

(だが、私はそれを覚えてはおらぬ)

だが、その時、鮮やかにあの夜のことが脳裏に蘇《よみがえ》って来たのだ。

――……、願いを叶《かな》えてくれるなら、必ず礼をする――

――承知した。ならば……――

身体の中を水が流れるようだった。深山に湧く、清らかな水だ。それが譲の頭から足の先まで静かにゆっくりと浸して行くのだ。

「あの時、あなたは私の心をよこせ、と言った」

譲は、身中で燃え盛っていた真っ黒な炎が、しだいに消えて行くのを感じていた。

「瘴霊《しょうりょう》に奪われてしまえば、もはや我はそなたの心を得ることができなくなる。我が欲しいのはそなたの心だ。他の何人《なんぴと》の物でもない」

「何ゆえ、私の心など欲しがるのだ？」

譲は冷静さを取り戻していた。

「昔、命を助けた娘がいる。その娘は礼に心をくれると言った。しかし、その娘は約束を果たす前に、人の世を去ってしまった」

「それは、亡くなったということか？」

「我は娘の心の姿が忘れられぬ。ゆえに、そなたから貰《もら》うことにした」

譲は苛立ちを覚えて、強くかぶりを振った。

「だから、何ゆえ、この私なのだ。あなたの言っていることは一向に分からぬ」

「そなたは娘に似ている。その心の美しさと強さも……」

虚神はそう言うと、為斗の顔でにこりと笑った。その途端、胸を矢の先で突かれたような気がした。その甘美な痛みに、譲は戸惑うばかりだった。

其の三　岩長姫《いわながひめ》

妖蓮《ようれん》の沼を急いで立ち去った三人は、林の中へと入って行った。

木立の間を抜けると、崖《がけ》沿いの道に出た。岸壁を穿《うが》って通した細い道だった。太い蔓《つる》が何本も垂れ下がっているので、それに縋り、身体を崖に張り付けるようにして進む。右側は、切り立った崖だった。下方は霧に覆われ、松や杉といった木々の先端があちこちから突き出していた。霧よりも上にいるのだから、相当高い所なのだろう。一歩進む度に、足元の小石が落ちて行く。濡《ぬ》れているので滑り易くなっていた。身体を左側の壁面にくっつけるようにして進むので、譲はどうしても遅れがちになった。

脳裏を過《よぎ》るのは、密詔のことだ。

――あの密詔がある限り、この子は必ず火種となろう――

そのせいで譲は皇太后の怒りを買った。明子があれほど拘《こだわ》ったのだ。よほど重要な物に違いあるまい。文徳帝と藤原良房との間に、なんらかの密約が交わされていたのかも知れない。

（密詔は、どこにあるのだろう）

どれほど考えても、譲には全く見当がつかなかった。

いつしか、玄兎も虚神も遥《はる》か先にいた。追いつこうと焦った譲が、蔓を摑《つか》む手に力を込めようとした、その時だ。視界を白い影が過《よぎ》ったのだ。思わず顔を向けると、飛び去って行く白い鳥の姿が見えた。

（白鷹だ）と思った瞬間、縋っていた蔓がズズッと下がり、譲はたちまち身体の平衡を失ってしまった。慌てて、次の蔓に手を伸ばそうとしたが、すでに身体は傾いていて、摑もうとした蔓にはとても届かない。

譲は体勢を立て直そうとして、一歩足を踏み出した。だが、そこに足場と呼べるものは何もなかった。

身体がふわりと宙に躍った時、眼前に虚神の顔が現れた。虚神は狩衣《かりぎぬ》の両袖《りょうそで》をはためかせ、包み込むように譲の身体を抱いた。続けざまに強い衝撃があったが、不思議なことに、痛みは全く感じなかった。柔らかい鳥の羽毛に包まれるようにして、譲の身体は崖を転がり落ちて行った。

顔に当たる雨粒で目が覚めた。

「気が付いたか」

傍らで虚神の声がした。譲は起き上がった。そこは林の中だった。

「近くに泉が湧いているのだ」

虚神は手に椎《しい》の枝を持っていた。水に浸したその枝を、譲の顔の上で振っている。

「なかなか目覚めぬので、案じていたぞ」

虚神は苔生《こけむ》した岩の上に腰を下ろした。その背後に、屏風《びょうぶ》のように切り立った崖が見えた。十丈(約三十メートル)はあろうかと思える高さだ。

「あの上から落ちたのか?」

譲は啞然《あぜん》として崖を見上げた。それから虚神に目をやった。どうやら助けられたらしい。しかし、あれほどの高さから落下したのだ。虚神の身が心配だった。

「怪我はしておらぬか」

譲は虚神に手を伸ばした。虚神は不機嫌そうに眉根を寄せると、その手からスッと身体を離す。

「誰の身を案じておる。我か、それとも為斗か……」

当然、人である為斗の方だ、と答えようとして、譲は返事に詰まった。

(本当に、そうであろうか?)

疑問が湧いたが、譲は慌ててそれを打ち消した。

「私には同じことだ。今はあなたが為斗なのだから……」

譲はそういうと、虚神の前に頭を下げた。

「あなたのお陰で、命を落とさずに済んだ。礼を言う」

「今更、礼など良い。それより、尋ねたいことがある」

急に改まった様子で、虚神は譲に言った。

「私の知っていることなら、なんなりと答えよう」

虚神の顔は、ひどく真剣だ。気霊《けみ》と呼ばれる存在が、人に何を聞こうというのか、譲はふと興味を覚えた。

「幸福とはなんだ？」

問われて、譲は面食らった。

（いったい、何ゆえ、そのようなことを？）

幸福とは何か……？

（一言で答えられるものでない）

困惑している譲に、虚神はさらに問うて来る。

「人の言う幸福とは、記憶を持たぬことなのか？」

「いろいろだ。これがそうだとは言い切れぬ」

譲はなんとか言葉を探そうとする。

「金が欲しい者。力が欲しい者。食べ物が欲しい者。人によって求める物はさまざまだ」

「求める物が手に入れば、幸福になれるのか？」

まるで子供のような目で、虚神は譲を見る。

「まあ、そうだが……」と、譲は言葉を濁した。

「そなたは、記憶を捨てることが幸福だと言った」

「私が、そう言った？」

ああ、と譲は思い出した。どうやら虚神は、妖蓮の沼での出来事に拘っているようだった。

「誰しも忘れたい過去はある。その重さに耐えきれなくなることも……。ゆえに忘れてしまうことが、幸せだと思えたまでだ」

「そなたは幸せであったろうが、我は実に不快であった」

その口ぶりが、何やら怒っているようだ。

「そなたは、我の存在すら忘れていた」

「私に忘れられることが、それほど嫌であったのか？」

意外な思いがした。譲は虚神の思いなど、これまで考えたこともなかったのだ。

「玄兎が、忘れられて行くのは辛《つら》く寂しいものだ、と言っていた」

「玄兎が、そのようなことを？」

譲は驚いた。悩みなどとは無縁に見える玄兎の顔が脳裏を過る。

「玄兎は、昔、やまとびとの女と里で暮らしていたことがある。だが、常人のように年を取らぬゆえ、長《なご》うは暮らせなんだ。女は玄兎を忘れ、他の男と所帯を持った。やがて、女には子が生まれ、玄兎が里へ降りることはなくなった」

そう言うと、虚神はじっと譲の顔を見つめる。

「惟忠、もう二度と我のことを忘れるな。為斗という娘もそれを願うておる」

譲は改めて目の前にいる娘に意識を向けた。確かにその顔は為斗のものだ。

為斗の自分に対する想いがどのようなものか、譲自身、薄々気づいてはいた。為斗は自分を助け、守ってくれる譲に、深い信頼を寄せている。いつしかそれが恋慕に変わりつつあることも……。

(京へ連れて来なければ良かった)

そう思う反面、手放せなかったのも事実だ。

(虚神は、為斗の身体に入ったことで、何を知ったのだろう)

為斗の譲への想いか、それとも、何か別の……？

「決して忘れはせぬ」

どことなく不安そうにも見える虚神に向かって、譲は言った。

「為斗のことも、あなたのことも……」

すると、虚神は晴れやかな顔で笑った。

その時だった。突然、周囲を取り囲む木々の葉がガサガサと鳴った。風はない。だが、葉を茂らせている樹木の梢《こずえ》が、あちらこちらで動いている。

何かがいるのは分かった。それも相当な数だ。小さな動物の影が、木の枝から枝へ飛び移っている。

「猿でもいるのだろうか」

そう思った時、一斉に石礫《つぶて》が降って来た。

虚神は譲の前に立ちはだかると、「やめよ」と叫んだ。

「人じゃ。人がおる」

「あれは生人じゃ」

「生人が、この谷に何しに来た」

キイキイと耳障りな声が響き、再び小石の雨だ。今度は小枝まで交じっている。降り注ぐ小石は、まるで雹《ひょう》か霰《あられ》のようだ。譲は虚神を引き寄せると、庇《かば》うように片腕を翳《かざ》した。梢で影どもがはしゃいでいるのが見える。

突如、上空に幾つもの黒い点が現れた。それらはしだいに大きくなり、螺旋《らせん》を描きながら二人のいる林に向かって降りて来る。

「鷹《たか》だっ」と、甲高い声が叫んだ。

「鷹だっ、喰《く》われるぞ」

その途端、ボタボタと幾つもの灰色の塊が落ちて来た。

それは、両手にあまるほどの大きさの卵形の石だった。頭にでも当たれば、痛いだけではすまない。譲は慌ててそれらを避《よ》けた。

鷹の群れは、林のすぐ上を掠《かす》めるようにして飛び交っていたが、やがて諦《あきら》めたように去って行ってしまった。

虚神が卵石を一つ拾った。譲は側から覗《のぞ》き込んだ。表面は磨かれたようにつるりとしている。裏を返すと、両手と両足を縮めて頭を抱え込んだ猿の姿が浮き彫りになっていた。

先ほどの姿とは違い、神妙に見えるのが滑稽《こっけい》だ。

「これは、何だ？」

怪訝《けげん》な思いで譲は虚神に尋ねた。

「岩猿だ」と答えてから、虚神はさらにこう言った。

「行き場のない死魂が、器を求めて石に取り憑《つ》いたものだ」

「では、元は人であったのか？」

譲は驚いたが、同時に岩猿が哀れになった。

「人であった頃の記憶はない。この世に強い未練を残して死んだ者の魂は、この山で器を求めてさ迷い続ける。たとえ岩猿でも、形を得ただけでも幸いだ」

「鷹に喰われると言うていたが……」

「鷹は死魂を常闇に運ぶが、岩猿にとって魂を奪われることに変わりはない。ゆえに、喰われると思うておる」

虚神はおもむろに石を両手で挟んだ。

「たとえ死魂であっても、岩猿は失うことを何よりも恐れる。それゆえ、見わけがつかぬよう、こうやって石になるのだ」

虚神は、押し潰《つぶ》そうとするように両手に力を込めた。

岩猿の両目がカッと開いた。苦しいのか、手足を現わしてバタバタと暴れ出す。

「何をするのだ」

譲は慌てて虚神を止めた。

「我に生意気な口を利くと、どうなるか教えてやるのだ」

虚神は残忍な言葉を吐くと、一気に岩猿を握り潰した。肉片が飛び散り、譲は思わず顔をそむけた。

「なんと、酷《むご》いことを……」

譲の足元で何かが動く。視線を落とすと、飛び散った肉片と思われたものが、すべて石の欠片《かけら》に変わっている。それらが互いに引き合うように動き始め、一つに纏《まと》まると、再び岩猿の姿に戻っていた。

岩猿は傍らの楢《なら》の木に駆け登り、たちまちその姿を隠してしまう。

「死んだのではなかったのか？」

「奴等は元々生きてはいないのだ。人の言う『死』などない」

虚神は平然と言い放つ。

「それでも、苦しんでいたではないか」

譲には虚神の言葉が納得できなかった。虚神に潰される時、たとえ一瞬でも彼等は苦痛を感じていた筈なのだ。

「『苦しい』とは、どういうことだ？」

反対に虚神は問い返して来た。

「生きている者は、皆、心や身体の痛みと無縁ではない。その痛みに苦しむのだ」

そう言ってから、譲はあることに気が付いた。

「そうか。あなたも、『生きて』はいないのだな」

(ゆえに、苦しみを知らないのだ)

為斗の姿をしているからか、時折、譲には虚神が人に思えてしまう。

「我は、ただ『在る』だけだ。『生きて』はいない」

気のせいか、虚神の顔がわずかに寂しそうに見える。

「永遠に存在する、とはそういうことか？」

「永遠がどれほど長いのかは知らぬが、いずれ終わりは来るであろう。それが理《ことわり》であるのなら……」

「あなたにも、分からぬことがあるのか」

思わず笑いそうになって、譲は急いで口を閉じた。虚神は不機嫌そうな顔をしていた。

「我はまだ存在している。終わってはいない」

虚神の言う「終わり」とは、気霊《けみ》の死を意味しているのだろうか。譲はぼんやりとそんなことを思った。

(気霊ならば、「消滅」か)

虚神が消えてしまう……。ふいに譲の胸に寂しさが込み上げて来た。虚神が消えれば、本来の為斗が戻って来るだけだ。為斗はいつもの為斗になる。それこそが、譲の望みではなかったか……。

己の心の奥底に新たに生まれた感情があることを、譲は否《いや》でも認めない訳には行かなくなった。

虚神は確かに為斗の姿をしていた。若さに溢《あふ》れ、生気に満ちて美しい。顔も、そのしなやかな身体も、寸分違《たが》わず為斗である筈《はず》なのに……。

魂が入れ替わり、虚神という気霊の魂を持ってしまったことで、為斗は全く別な女に見えるのだ。その女が、いつしか譲の心を捕えて離そうとはしない。

(これは人ではない)

言い聞かせるように己の心に呟《つぶや》いた。すべてが終われば、互いにそれぞれ在るべき場所に戻るだけだ。譲は都に、虚神は魔道山に……。そうして、再び出会うことはないだろう。

「先へ進もう」

虚神が譲を促した。

「玄兎を待った方が良くはないか」

閻王の案内で、玄兎はいずれここにやって来ると思った。

「いや、急がねばならない」

虚神は頑強に言い張ると、止めようとする譲に構わず歩き出した。

「いったい、これからどこへ行く気だ？」

「ここは死魂の谷だ。死者の魂が通る場所だ。この谷には岩長姫がいる」

虚神は振り返ることなく答えた。譲は仕方なく従ったが、ほどなくして、虚神の足取りが妙に重いことに気がついた。

先ほどまで饒舌《じょうぜつ》だった虚神は、急に何も話さなくなっていた。何か気にかかることでもあるのか、ひたすら前を向いて進んでいく。

やがて岩場が多くなり、谷川の流れが見えて来た。岩の間を流れ落ちる川は、絹糸で織られた布のように白く美しい。

川に沿うようにして、竹林があった。竹の枝葉で、空が覆われている。風に揺れて葉がさらさらと鳴っていた。時折、竹と竹がぶつかり合う乾いた音が、それに重なった。

どこからか機《はた》を織る音が聞こえて来る。しばらく行くと、竹を組んで作られた屋敷が現れた。屋根も笹竹で葺《ふ》いてある。

周囲の竹という竹に、白く長い布が掛けられていた。布は途切れることもなく、高い竹の先端まで伸びている。開け放たれた部屋では、一人の女が機織りをしていた。織り上がった布は、巻き取られることなく、外の布へと続いている。

いったいどれほどの長さなのだろう、と譲は思った。いったい、どれほどの長い間、この女は布を織り続けているのだろうか……。

二人に気づいたのか、女は機織りの手を止めると、すっと立ち上がった。身体は細く、異様に背が高い。身に纏《まと》う衣は真っ白で、さらには床に流れる髪まで老婆のごとく白い。

だが、譲に向けられたその顔は、若い女のものだった。卵のように滑らかな肌に皺《しわ》は一本も見えない。

「岩長姫だ」、と虚神が言ったが、声には妙に力がない。

岩長姫の切れ長の目が譲に向けられた。表情がないので、女が何を考えているのか全く分からなかった。

しばらく譲の顔を見つめてから、岩長姫はゆっくりとその視線を虚神に移した。まず瞳《ひとみ》が動き、続いて細く長い首が動く。まるで白鷺《しらさぎ》のようだ。優雅で堂々としていて、抜け目がない。

「随分と美しい身体を手に入れられましたな」

虚神を見た岩長姫は、冷ややかに言った。

「じゃが、その身体に難儀をしておられるご様子……」

虚神は押し黙ったままだ。不審に思った譲は、改めて虚神を見た。その顔が真っ青になっている。虚神は急に力を失ったように、がくりと片膝《かたひざ》をついた。

「どうしたのだ」

驚いた譲は、虚神の身体を支えようとした。

「どうやら、御怪我をなされているようじゃ」

岩長姫はそのゆったりとした態度を崩さない。

譲は急いで虚神の身体を探った。すると、狩衣の左の脇腹の辺りが、血を吸ってずっぷりと濡《ぬ》れている。手を差し込むと、六寸ほどの細い木の枝が深く突き刺さっているのが分かった。

崖《がけ》から落ちた際に、譲を守ろうとして庇《かば》った時のものだろう。

「なぜ言わなかったのだ。痛みもあったであろう。苦しかったであろうに」

この時、譲は、虚神が苦痛というものを知らなかったことを思い出した。

「人の身体がこれほどに脆《もろ》いものとは、思うてはおられなかったのじゃ」

虚神に代わって岩長姫が答えた。

「何やら不快であったので、切り離した。身体が重くなり、胸が潰れるような気がするので、ここへ、来た」

虚神は喘《あえ》ぎながらそう言った。

譲は虚神を抱えたまま、岩長姫を見上げた。

「あなたならば、助けられる筈だ。そのために虚神はここへ来たのであろう?」

「助けよ、とな」

不思議そうな顔で、岩長姫は首を傾げた。

「気霊がその身体を捨てれば、それで済むこと」

「それは、虚神が為斗の身体から離れることか」

そうだ、と言うように岩長姫は悠然と頷《うなず》いた。

「その身体が死ねば、共にある気霊も消えてしまう。ならば、身体を捨ててしまえば良い」

「それでは……」

譲は思わず息を呑《の》む。

「為斗が死んでしまいます」

虚神の魂が離れれば、為斗は確実に命を失ってしまう。

「案ずるな」

虚神が再び口を開いた。

「我はこの娘から離れはせぬ」

虚神は右手を伸ばして、譲の頬に触れた。

「許せ、惟忠。我は娘を守ってやれなかった……」

そう言うと、虚神は意識を失ってしまった。

涙が零《こぼ》れた。どうすることもできない己に、ただただ腹が立った。しかも、原因を作ったのは譲自身なのだ。

「そなた、これただ、というのか」

岩長姫がおもむろに口を開いた。

「私の名など、どうでも良い」

譲は声を荒らげる。

「それよりも、虚神はどうなるのだ」

「この方が、娘の身体から離れる気がないのであれば、それなりの手は打ちましょう。ささ、これへ……」

岩長姫に招かれ、譲は虚神を抱き上げると、一歩部屋の中へと踏み込んだ。その途端、周囲を覆っていた白布が、しゅるしゅると音を立てて巻き込まれて行き、背後で、ぴしゃりと板戸が閉まった。

部屋が閉ざされると、竹林のざわめきは聞こえなくなった。譲と岩長姫の周りを、不思議なほどの静寂が包んでいた。

表にあった白布が板張りの床一面に広がり、さらには壁や天井まで覆いつくしている。部屋は思いの他広く、まるで雪の中に閉じ込められているようだった。

何もかもが白い。髪だけでなく、肌も白いので、岩長姫が雪の彫像に見える。

岩長姫が布を掻《か》き分けて向かった先に、張台《ちょうだい》があった。岩長姫が近寄ると、垂れ下がっていた四方の几張《きちょう》が自然に巻き上がる。岩長姫は、畳の上に虚神を寝かせるように言った。その部屋には、調度品というものが一切なかった。

あるのは、機織りの道具と、織りあげられた純白の布ばかりだ。

「人の魂が、私の織る布を染めるのじゃ」

「見よ」と、岩長姫は長い衣の袖《そで》を振った。

部屋中の布がフワリと動き、たちまち周囲は鮮やかな色で満ち溢《あふ》れた。

朝焼けの色、夕焼けの色、海の色、空や水の色……。雨に煙《けぶ》る山の色、夜を染める星々の色、四季折々を彩る花の色……。深く沈む色、濃い色淡い色。譲の眼前を、目が覚めるほどに鮮烈な色彩が埋めつくしている。彼はただ息を呑み、圧倒されるばかりだ。

そっと布に触れてみた。すると、今度は声が聞こえた。

目を閉じると、その場の光景が脳裏に広がった。田植えの情景なのだろう。田には水が張られ、村人たちが並んで苗を植えている。田の畔道《あぜみち》を、面白おかしく歌いながら、田楽の一行が通って行く。半裸の子供等が走りまわり、犬までが興奮して吠《ほ》えたてる。

市場の賑《にぎ》わいの中を、物売りが歩いていた。頭に荷物を載せた市女や、天秤棒《てんびんぼう》を担いだ男等が、声高く呼ばわっている。

川に入って洗濯をする女たちもいた。豪華な衣装を纏《まと》った姫が、通って来る男を待ちわびている光景も見えた。

野で戯れる若い男女の姿もある。およそ、人の営みのすべてが、この布には映し出されていた。まるで長い絵巻物を見ているようだ。

岩長姫はそれらから一反の布を選び出した。片手でくるくると巻き取ると、虚神の身体に刺さっている小枝を抜き取るように言った。

意識がないように見えた虚神は、その一瞬、苦痛の声を上げて譲にしがみ付いた。

傷口の位置を確かめた譲は、思わず息を吞んでいた。そこは急所だった。小枝は思ったよりも長く、左の脇腹を深く突いている。おそらく心の臓を傷つけているだろう。

(幾ら神女であっても、為斗は人だ)

本当に助かるかどうか不安に駆られた。

「気霊《けみ》の力を信じましょう」

岩長姫は平然と言った。まるで、さざなみ一つ立たない静かな水面《みなも》のようだ。

虚神の傷口からは、さらに夥《おびただ》しい血が流れ出ていた。淡い色合いだった狩衣《かりぎぬ》は、すっかり濃い紅に染まっている。

岩長姫は、虚神の全身に布を巻きつけていった。

布は桜の色に染められていた。不思議なことに布からは箏《こと》の音色が聞こえて来る。触れると、人の肌にも似た温《ぬく》もりがあった。

「この布は、生きているのですか」

驚きのあまり譲は問いかけていた。

「人が死ぬと、魂はこの谷にやって来る。私はその魂の持つ美しい記憶で布を染めるのじゃ。美しい記憶は、良い想念から生まれる。良い想念は生きる力の源じゃ。ゆえに、その力が死の淵《ふち》にあるこの娘の身体に生気を与えてくれよう」

「為斗は助かるのですね」

譲は安堵《あんど》すると、その目を閉じた。箏の音色が、寄せては引く波のようだった。身を委《ゆだ》ねていると、心に懐かしさが満ちて来る。

（この音色を、私は知っている）

そう思った。

目の前に、桜の花びらが雪のごとく降りしきっている。そこは花の宴《うたげ》の席であった。帝《みかど》らしき人物が高い階《きざはし》の上にいる。園庭には舞台が置かれ、華やかな唐衣《からぎぬ》を纏った女が、箏を奏でていた。

周囲の桜は満開で、女の長い漆黒の髪や、弦の上を踊る白い指先に降り掛かっている。

若い女であった。年は、十五、六歳ぐらいに見える。俯《うつむ》けた白い額、通った鼻筋、伏せた瞼《まぶた》を縁取る睫毛《まつげ》……。

あっと譲は声を上げた。彼の記憶に残る、母の面差しに似ていたからだ。

慌てて帝に目を向けた。

（ならば、もしかして、あれは父君……）

二歳で父を亡くしている。顔立ちは覚えてはいない。それでも、きっとあれが文徳帝なのだと思った。

（あれは女御《にょうご》の明子殿……）

帝の隣にいるのは明子だ。さらにその背後に控えている女官の腕には、生まれて間もない乳児が抱かれている。

（そして、あれは我が兄、惟仁親王か……）

母は大事な席で、箏の演奏を命じられたのであろう。一心不乱に楽を奏でるその顔からは、緊張と誇らしさが窺《うかが》えた。

文徳帝は、じっと母を見つめている。もはや桜の美しさも目に入らず、箏の音も耳に届いてはいないようだ。

（この時、母は、父上に見初められたのだ）

「この布の記憶の主は？」

問わずとも分かってはいたが、それでも、はっきりとした答えが欲しかった。

「帝に仕える女であった。人の恨みを買って、無残にも命を絶たれた。幼子を一人残すのが辛《つら》いと、人の世からなかなか離れようとせず、ここに連れて来るのに、難渋されたそうじゃ。名は、確か夏萩というたか……」

「谷に、その女人を連れて来たのは……」

さらに尋ねると、岩長姫はその視線を虚神に落としてこう言った。

「この御方じゃ。その時は白鷹《はくよう》の姿をしておられた」

（やはり約束を守ってくれたのだな）

改めてそう思った。胸がじわりと熱くなった。きっとここには父もいたのだろう。

「人の魂は、必ずここへ来るのですか？」

「ありとあらゆる魂は、この山から生まれる。死ねば再び山に戻り、己の生きた証《あかし》である想念を捨てる」

「その後《のち》、魂は常闇に行くのですね」

「知っておるようじゃな」と、岩長姫は頷《うなず》く。

「虚神から聞いております」

「常闇は魂の還《かえ》って行く場所じゃ。浄化された魂が眠りにつく場所でもあり、また新しく生まれる場所でもある。魂の坩堝《るつぼ》といったところであろう。人は『あの世』と呼ぶのであろうが……」

「その常闇が、この魔道山にあると？」

「あるから我等がおるのじゃ。気霊の在る山はそう多くはない。少ないからこそ、死魂の拠《よ》り所となる。この山は幾千幾万の魂で溢れかえっておる」

「すべての生き物の魂を、この山は抱えているというのですか」

「鳥や獣、草木や花、そして、人の魂じゃ」

岩長姫はわずかに眉根《まゆね》を寄せた。

「人の魂は迷い易い。人ではないものに迷いはないのじゃが」

「人だけが迷う……」

譲は己自身に言い聞かせるように呟《つぶや》いた。

「人はどれほど己の生を厭《いと》うていても、死に際しては、これを嫌がり泣き叫ぶ。そのような死魂を浄化し、常闇に送るのが私の役目じゃ」

「それでも、浄化できねばどうなるのですか。岩猿は生への執着が強すぎるあまり、石に取り憑《つ》いた死魂だと聞きました」

「岩猿になるならばまだ良い」

岩長姫はその顔を曇らせる。

「恨みや憎しみの念があまりに強く、浄化できぬ魂は、常闇へは行けず、岩猿にもなれず、鬼渦《きか》で瘴霊《しょうりょう》となって、永遠に彷徨《さまよ》うことになる」

「瘴霊となった魂が、救われることはないのでしょうか？」

譲は疑問を口にした。鬼渦がどういう所なのか、到底想像もできない。

(永遠、とは、いったいどれほどの年月なのだろうか。彷徨うとは……)

もはや死とは無縁とはいえ、ただ彷徨い続ける魂というのは、考えるだけで哀れになる。

「いつぞや、一人の僧侶の死魂が、この谷に来たことがある。その僧は、強い無念の思いに耐えられず、自ら命を断ったようじゃ」

「僧の魂はどうなったのです？」

「鬼渦で瘴霊となった」と言ってから、岩長姫は突き放すように言葉を続けた。

「救えぬ魂ゆえに瘴霊となる。瘴霊となるのは、救われることを望んでおらぬからじゃ」

改めて見る虚神は、桜色の美しい絹を纏った蛹《さなぎ》のようだった。蝶《ちょう》になる夢でも見ているように、今は安らかな眠りの中にいる。

「私は元々この山の地下深くに眠る水晶の塊であった。それが気霊の一部を与えられ、死魂の浄化の役割を担うようになった。ゆえに、この方は私の父であり、母でもあるのじゃ。その気霊《けみ》が、弱っておられる」

岩長姫の顔に、一瞬、不安の色が揺らいだ。

為斗の身体に入っているために、本来の力が出せないのは譲も知っている。しかし、弱っているとは……？

「常闇と鬼渦……。この二つが人の魂の行きつく所じゃ。常闇に在る、浄化された魂は気霊に力を与える。気霊はその力で鬼渦の瘴霊を抑えているのじゃ。だが、瘴霊が強くなり、鬼渦が大きくなりすぎると、調和は乱れ、気霊は力を失う」

「どうして、そのようなことに？」

太古の昔より魔道山が存在していたのなら、それは今に始まったことではないように思えた。譲の知る限り、人の抱える業は、あまりにも強い。妄念や執着に凝り固まった魂は、何百、何千とあった筈《はず》だ。

「気霊は昔、人の子を助けるために、己の息吹《いぶき》を与えた。そのせいで、気霊は力の一部を失ってしもうたのじゃ。あれから二十数年が経ち、いつしか魔道山の一端に綻《ほころ》びが生じた。鬼渦に閉じ込めてあった瘴霊が少しずつそこから人の世へと流れ出ている。強い恨みの念を持つ者の所へ引き寄せられているのじゃ」

「瘴霊は、人の心と天を乱し、流行《はや》り病をも呼び込むのではありませぬか?」

譲の言葉に岩長姫は大きく頷いてみせる。

気霊が瘴霊を抑えて来た。気霊が完全に力を失えば、瘴霊は山のありとあらゆる物を穢《けが》してしまうのだ、と岩長姫は言った。

「そうなれば、気霊はどうなるのですか?」

「山が汚されれば気霊は消滅する。そうなれば、気霊の息吹で生かされている我ら境界人《さかいびと》も存在できなくなる」

「消滅する、とは……」

譲はぽつりと呟いた。

(消えてなくなること。私の前から、いなくなること、か)

虚神が譲の前から消えてしまう。本来、そうなることを譲は望んでいた筈だ。なぜなら、それは姫の魂を救い、為斗の身体を取り戻すことであったのだから……。

「どうすれば、止められるのです？」

虚神を守りたいと強く願う己に戸惑いを覚えながら、譲は縋《すが》るように岩長姫に問いかけた。

これまで虚神の置かれている状況など考えたこともなかった。子供の頃の約束を今になって果たせと言って来たのには、きっとそれなりの理由があった筈なのだ。

「瘴霊は人の作り出したものじゃ」

静かな口ぶりで岩長姫は譲に言った。

「ならば、人が退治するのが、道理」

いつしか、箏《こと》の音は遠くなり、虚神を包んだ布は、すっかり白絹に変わっていた。

岩長姫は、それを見て安堵《あんど》のため息をついた。

「私の心は硬い水晶じゃ。それでも、滲《し》みとおるほどこの箏の音は美しかった。女は己の命を奪った者を、恨むでもなく憎むでもなく、ただ泣きながら、幼子の名を呼んでいた。『これただ』と……」

それは、長い時を経てやっと届いた、譲への母の愛であった。

「美しい箏の音色は私を楽しませてくれた。礼に一つだけ願いを叶《かな》えようと言うたところ、子の力になることを望んだ」

——母として、子が困難な目に遭《お》うても、もはや何一つ助けてはやれませぬ。それが無念にございます——

岩長姫は、虚神を包んだ布に手を当てた。すると、布は自然に虚神の身体から剝《は》がれ始めた。やがて現れた為斗の顔には血の気が戻り、呼吸も穏やかになっていた。

「娘の命を助けたのは、そなたの母の、子を思う心じゃ」

岩長姫の言葉が、譲の胸に静かに滴り落ちた。

己を死に追いやった明子への恨みは、母にはなかった。ただ、我が子の無事を祈り、将来の幸福を願う心があった。

(なんと美しい心なのだろう、なんと強い……)

そう思った時、譲はあることに思い至った。

虚神が本当に欲しかったのは、譲の心ではなかった。

——そなたは娘に似ている——

虚神が助けた人の子とは……?

「そなたが、瘴霊《やいば》を止めるというのならば……」

岩長姫の目が刃のように鋭くなった。

「私は、どうすれば良いのですか?」

譲が問いかけた時、閉め切られていた戸が軋《きし》み一つさせることなく、すうっと開いた。

見ると、廊下には、狼を連れた玄兎の姿がある。

「まず、己を知れ。己の持てる力を知り、己にできることを考えよ」

「私が、何者か知れと言われるのですか？」

困惑する譲に、岩長姫はさらにこう言った。

「そなたが何者か、その者が教えてくれよう」

そう言うと、視線を神妙な面持ちでいる玄兎に向けたのだった。

「血の痕《あと》があったので随分心配したのだぞ。血の匂いで、闇王にもすぐにここが分かった」

別室で二人になると、玄兎は闇王の頭を撫《な》でながら譲に言った。

「怪我をしたのは虚神だ。岩長姫が、為斗の傷を治してくれた」

「ならば一先《ひとま》ず安心だ」

玄兎の顔はあまり喜んではいなかった。やはり気霊が弱っていることを、知っているのだろう。

「岩長姫に、己を知れ、と言われた」

譲は玄兎の顔をそっと窺《うかが》いながら話を切り出した。

「そなたが、教えてくれると言うのだが、まことか？」

（何ゆえ、玄兎なのだろう）

譲にはそれが分からない。玄兎とは、魔道山に入って初めて出会ったのだ。当然、玄兎の方も譲を知らない筈だ。

譲の問いかけに、玄兎はしばらくの間無言でいたが、やがてまっすぐな視線を向けると、おもむろに話し始めた。

「もう四十四、五年ほど昔になる。俺は里の女と恋仲になった」

麻布を織るのを生業《なりわい》にしている女であった。女は夫に先立たれ、乳呑児《ちのみご》を抱えて苦労していた。赤子を背負って、麻を採りに魔道山に入り込み、迷っていたところを、玄兎が助けた。玄兎は女を村まで送ってやった。

「俺は女の許に通うようになった。最初は、一人で赤子を育てている女に同情したからだ。それが、いつしか夜を共に過ごすようになった」

「その女を慕っていたのか」

「女も俺を頼るようになっていた。子供も俺に懐き、このまま家族になっても良いとさえ思えた」

その時のことを思い出したのだろう。玄兎は声を途切らせると視線を床に落とした。

「なぜ、そうしなかったのだ」

譲は問おうとして、言葉を呑《の》み込んだ。玄兎の時の長さは人とは違うことを思い出したからだ。

「俺は女に会うのをやめた」

再び玄兎は顔を上げた。

「だが、女の暮らしが立つようにはしてやりたかった」

玄兎は山で獲《と》った鹿や猪の肉を、都の市で売っては金に換えた。深夜、女の家の戸口からそっと金を差し入れる。顔は見られないようにした。

「女は、そなたのことは知らぬままか」

「ある夜、戸の隙間に入れた俺の手に、女が触れて来た。俺は女の手を取り、女も握り返して来た」

「分かっていたのだな」

「ああ」と、玄兎は頷《うなず》いた。

「それからしばらくの間、俺は山に籠《こも》っていた。再び里へ来た時、すべては変わっていた」

その年の夏、疫病が蔓延《まんえん》した。村人のほとんどが病に倒れ、女と子供も命を落としてしまった。

「二人の遺体を目にした時、俺は家族を失ったことに気がついた。共に暮らしていなくても、俺にとっては大切な家族であったのだ」

玄兎の悲しみはあまりにも深かった。彼はすぐに死魂の谷へと向かい、岩長姫に、二人を自分の許へ帰してくれるように頼んだ。

「死者を生き返らせようとしたのか」

譲は驚いたが、岩長姫ならば、それができるのかも知れない、と思い直した。

――常闇に赴いた魂を呼び戻すには、気霊《けみ》の力がいる――

岩長姫は玄兎の願いを聞いてくれた。

――気霊の息吹《いぶき》を受ければ、蘇《よみがえ》ることもできよう。だが、常闇で安らぎを得た魂は、生への執着を失《うしの》うてしまう。そうなると、そなたの許へは返らぬぞ――

「その言葉通り、女は俺の許へは戻らなかった。だが、子供は気霊の力を宿して、生き返ったのだ」

玄兎はその顔に困惑を見せる。

「正直、喜んで良いのかどうか分からなかった。子供は残っても、あの女はいない。俺の手で子を育てることは到底できなかった」

そこで玄兎は、子供を薬師《くすし》と共に村に来ていた官吏に託した。

「官吏の夫婦にも子供がいたが、病で命を落としていた。官吏は子供を引き取りたいと望んだ」

「家族を手放したのか」

咎《とが》めるつもりはなかったが、矛盾を感じた。血は繋《つな》がらなくても、愛した女の子供ではないか……。

「子の行く末を思うてのことだ」

玄兎は静かに言った。

「望まれて養女になるのだ。幸せになれると思うた」

「女児であったのか」

「母親に面差しが良く似ていた。その顔を見るのも辛《つら》かった」

その後、官吏は出世を果たし、曲りなりにも受領《ずりょう》になった。

「俺は成長した子供の姿が見たくなり、十数年後に訪ねて行った。受領は立派な屋敷に住んでいた。近隣の者に聞いたところ、宮仕えに出していた娘が、思わぬ出世を遂げたのだと言った。帝《みかど》に仕える更衣《こうい》になったのだ、と」

すでに譲にも薄々分かっていた。虚神が命を助けたという娘が、母の夏萩ではないか、ということを……。だが、まさか、玄兎まで関わっていたとは、微塵《みじん》も思ってはいなかった。

「その娘が、私の母であったのだな」

尋ねる声が震えているのが、自分でも分かった。

もし、あのまま母が死んでいたら、譲はこの世に存在していない。彼を今この世に生かしているのは、玄兎の想いと気霊の力なのだ。

「気霊の与えた息吹が、お前の母の心を強くしたのだ。息吹を受けた心は、今はお前の中にある」

その心が欲しいと虚神は言いたかったのだろう。

「死者となった者を生き返らせるのは、気霊にとっても容易なことではない。それは自然の調和を崩しかねない。だが、それを承知で気霊は幼子を蘇らせた。そのために、力の源である息吹を使った。今の気霊は、永遠に欠けた月のようなものだ。決して満月にはなれない。それが気霊の弱さとなった」

「私がその欠片《かけら》なのだな」

「お前は夏萩から、気霊の息吹を引き継いだ。ゆえに気霊はお前を求め、この山へと連れて来たのだ」

「なぜ、虚神は、それを最初に言わなかったのだ？」

不思議な思いで、譲は尋ねる。

「お前は、気霊との約束を覚えてはいなかっただろう？」

即座に問い返されて、譲は返す言葉を失っていた。

「約束事は、交わした者同士が覚えていなければ成り立たぬ。お前には、母親の死に際の記憶さえなかった筈《はず》だ」

幾ら幼い頃のこととは言え、譲に言い訳はできなかった。

「お前のせいではない」

慰めるように玄兎は言った。

「記憶を封じたのは、この俺だ」

譲は思わず玄兎の顔を見つめた。

「俺は、五歳のお前と一度会っているのだ」

確かに、譲は玄兎を知っているような気がした。彼は必死に記憶を探り、やがて、ある光景を思い出していた。

「幼い頃、私は東市で迷子になった」

母が亡くなった後、譲は悪夢に魘《うな》されるようになった。母の死に際の顔が、幾度も夢に現れるのだ。その度に、耳元で女の囁《ささや》く声が聞こえた。

――そなたのせいで、夏萩は死ぬのじゃ。そなたが母を殺したのじゃ――

ある日、塞《ふさ》ぎ込んでいる譲を、気晴らしにと侍女や家人等が市へと連れ出した。譲は市の賑《にぎ》やかさに圧倒された。珍しい品々、美味《うま》そうな餅《もち》や飴《あめ》を売る店……。その時、譲は行き交う人の中に、母に似た女人の姿を見つけたのだ。

市女笠《いちめがさ》に付いている垂衣《たれぎぬ》の隙間から見えた面差しが、母に似ていたのだろう。譲は思わず女人の後を追っていた。だが、人の波に呑まれ、女人の姿はたちまち見えなくなってしまった。

来た方角も分からなくなり、困惑は、いつしか取り残されてしまった寂しさと恐れに変わっていた。

そんな譲の前に、一人の男が現れた。

熊のような大きな男であった。髪は長く、濃い顎鬚《あごひげ》を蓄えている。譲は一瞬怯《おび》えたが、彼を見る男の目は優しかった。

男は軽々と譲を抱え上げると、万里小路の屋敷の門前まで送ってくれた。それから、男は無花果《いちじく》の実を差し出した。

――これを食べれば、もう怖ろしい夢は見なくなる――

譲は素直に男の言葉に従った。屋敷まで送り届けてくれたのだ。悪者である筈がないと思った。

その夜から、譲はもう母が死ぬ時の夢を見なくなった。譲は母の死の原因を忘れ、玄兎のことも忘れた。同時に、虚神との約束も、記憶の彼方《かなた》へ追いやってしまったのだ。

「あれは、妖蓮《ようれん》の沼の無花果だったのか」

「そうだ」と言うように、玄兎は頷いた。

「そなたは私を見守っていたのか？」

「気霊もまた、それを望んでいた」

「虚神が、ずっと私を見ていたと言うのか」

「お前がどれほど遠くにいようと、何をしていようと、気霊にはすべて分かっていた」

戦場では幾度も死にかけた。敵の兵に取り囲まれたことも、矢が雨のごとく降り注ぐ中で戦ったこともある。そんな目に遭いながらも、譲はここまで生き抜いて来られた。

それもこれも、気霊が守ってくれていたからだ、と譲は思った。

（ずっと私の側にいたのだな）

二十数年もの歳月を、譲は虚神と共に歩んでいた。そのことの重みを、譲は改めて胸の内で嚙《か》みしめていた。

鬼渦の章

其の一　気霊

譲は再び虚神の傍らに戻った。虚神は未《いま》だに目覚めない。悪夢でも見ているのか、時折、その顔が苦痛に歪《ゆが》む。

「身体の記憶を見ておられるのじゃ」

おもむろに、岩長姫が口を開いた。

「人の記憶は魂だけでなく、その身体にも刻まれる。気霊《けみ》の意識が弱っている今、この娘の記憶が川となって流れ込んでいるのじゃ」

「為斗の記憶は、このように辛く苦しきことばかりであったのか……」

譲は茫然《ぼうぜん》とした。

「やまとびと」と「蝦夷《えみし》」の争う地で、民を率いることを宿命として生まれたこの神女の過酷な人生を、譲は改めて考えていた。

家族との楽しい日々もあったに違いない。仲間と、馬で山野を駆け巡ったこともあったろう。だが、わずか十二歳で、為斗は戦乱に巻き込まれてしまった。

平和であった日々が幸福であればあるほど、それを奪い去ったやまとびとへの憎しみは強かった筈だ。仲間を殺され、家族を失った悲しみは、為斗の心に癒《い》えることのない傷を無数に刻みつけた。

その傷口が再び血を流し、今、虚神を苦しめている。それを思うと、譲は居たたまれなくなり、その場を離れようとした。

その時だった。ふいに虚神の手が動き、譲の腕を摑《つか》んだのだ。視線を落とした譲は、虚神が自分を見つめているのに気が付いた。

「我を置いて行くな」

囁くように虚神は言った。その目に涙が浮かんでいる。

背後で密《ひそ》やかな衣擦《きぬず》れの音がして、岩長姫が部屋を出て行くのが分かった。

譲は両手で虚神の手を握った。

「私はどこへも行かぬ。私とあなたは常に共にあった。今も、この後も……」

「我は、人の心と身体の痛みを知った」

虚神は顔をそむけた。溢《あふ》れる涙を持て余しているようだ。

「我はこの手で人を殺した」

盗賊等を斬った時のことを言っているのだろう。おそらく、苦痛と恐怖の悲鳴を耳にしながら、虚神は人を殺すことの意味を考えもしなかったのだ。

虚神は初めて遊びを覚えた子供のように、ただ楽しんでいただけだ。

「人の命を奪えば、己の心もまた深く傷つくものだ。戦場で、私は心を閉ざし、敵の声を聞かず、顔も見ず、人と思わぬようにして殺して来た」

譲は指先でそっと虚神の涙を拭《ぬぐ》ってやった。

「それが、私の人としての役目であった。あなたは気霊だ。人の感情に惑わされずとも良い。あなたは為斗の身体に長く居すぎた。それだけなのだ」

為斗の心に深く触れたことで、虚神は「人」を知ってしまったのだろう。

この時、譲は自身の中で込み上げて来た想いに、戸惑いを覚えた。

(愛おしい)

そう思った。その相手が、為斗なのか虚神であるのか、譲には分からなかった。

「あなたが、私の母を助けたことを聞いた」

譲は宥めるように、静かな口ぶりで語りかけた。

「最初にあなたが礼として心を求めたのは、私ではなく、母であったのだな」

「死者に息吹《いぶき》を与えたのは、そなたの母だけじゃ」

虚神は小さく吐息をついた。

「玄兎の想いに動かされて、理《ことわり》を破ったのか？」

「そうではない」と、虚神は即座に否定する。

「我には動かす心などない」

虚神は、玄兎が女に寄せる想いに興味を覚えた。

「我は常闇にいた女に問うたのだ」

——玄兎が、そなたを人の世に戻せと願《ねご》うておる——

——どうか、私のことは忘れるよう、そうお伝えください。私はこの常闇へ来て、初めて心が穏やかになりました。人の世での苦しきこと、辛《つら》きこと、怖ろしきことは、もはや遠い時の彼方に去ってしもうたのです。人の世に在っても、私はあの方とは結ばれませぬ。このまますべてを忘れて、静かに眠りとうございます——

女は気霊の申し出を断った。

「しかし、そなたの母は違うた」

幼子《ちご》の魂は、人の世に戻ることを切望した。常闇がどれほど美しい所であっても、それでも生きたいと魂は叫んでいた。

「人の世に生まれて三年。幼子は幸福しか知らなかったのだ」

貧しくとも、優しい母がいた。度々会うことは適《かな》わなかったが、父親の愛情を注いでくれる玄兎がいた。

「そなたの母にとって、人の世の方が幸せの輝きに満ちていた」

虚神は幼子に息吹を与えた。理に逆らって、子供が生き返るかどうか、その強さを知りたくもあった。

「我の息吹でそなたの母が生き返ったのではない。我の力を糧として、己の意志で蘇《よみがえ》ったのだ。夏萩の心の強さは我を驚かせた。ゆえに、我はその心を欲した」

——息吹を与える代りに、我にそなたの心をくれ——

虚神は幼子と約束を交わそうとした。

——『心』とは、何？——

当然、分かる筈《はず》もない。

——人が何よりも大切にしておる物じゃ。それを我に渡すならば、人の世に戻してやろう——

幼子はすぐに頷《うなず》いた。

「心を奪われると、人はどうなるのだ？」

譲が尋ねると、虚神は「知らぬ」というようにかぶりを振った。

「『命』が戻るのだ。『心』ぐらいくれても良かろう、その時はそう思うた」

「だが、心がなければ、誰も愛せぬ。人を愛せぬ者は、誰からも愛されぬ」

たとえ命を得たとしても、それはなんと寂しい生き様であろう、と譲は思う。

「いずれは貰《もら》うつもりであった。ゆえに、我は子供の成長を見守ることにした」

幼子は養父母に愛されて育った。奏でる箏《こと》の音色は、誰をも魅了した。虚神はいつしか、その箏を聞くのを楽しみにするようになった。

約束の日は、こうして一日、一年、十年と延び続けて行ったが、ある日、突然、夏萩との約束は永遠に叶《かな》わなくなった。

「我は待とうと思うていた。夏萩が年老い、その人生を終える瞬間まで……」

夏萩は老いることなく、突然この世を去った。愛する我が子の身代りとなり、明子に与えられた毒酒をあおって……。

「あなたなら、母を助けられたのではないか？　一度は救うてくれたではないか」

思わず譲は声音を強めた。

「あなたの気霊としての力があれば……」

「我が人の世に関わることは、自然の理に逆らうこと。常闇へ行った魂を人の世に呼び戻すことも、本来許されることではないのだ。我にも踏み越えてはならぬ一線がある」

それは上から下へ流れる川を堰《せ》き止めるのに等しいのだ、と虚神は語った。

「それは常闇に歪《ゆが》みを作る。常闇と鬼渦《きか》は別々に見えて、実は繋《つな》がっているのだ。歪みは綻《ほころ》びとなり、やがては裂けてしまうだろう。そこから溢れ出た瘴霊《しょうりょう》は、魔道山を穢《けが》し、人の世にも大きな影を落とす。人の持つ悪念こそが、何よりも瘴霊の好む餌なのだ」

「母のために力を使うたことで、歪みが生じたのだな」

そのせいで気霊《けみ》は弱り、瘴霊は力を得た。

虚神は両腕を譲の身体に回した。

「そなたの言う通り、心《つこ》がなければ誰も愛せぬ」

「我は」と虚神は譲の顔を見上げた。

「為斗の心の中を見た。この娘はそなたを慕《しと》うておる」

「あり得ぬ」

譲は慌てて否定していた。

「私は多くの為斗の仲間を殺したのだ。その中には……」

思わず口ごもった。改めて言葉にするのは辛い。しかも、聞いているのは虚神とはいえ、姿は為斗なのだ。

「この娘の親兄弟がおるのであろう？」

一瞬、譲の身体が固まった。

「そのこと、為斗は……？」

「とうに知っておる」

茫然《ぼうぜん》とする譲に、虚神は話し始めた。

為斗に、その事実を伝えたのは、出羽国の安倍真雄であった。真継のみを連れて京に戻ろうとしていた譲に、為斗は頑強に付いて行くと言い張った。

譲の胸の内を知っていた真雄は、止めるつもりで為斗に言った。

――お前がこのまま譲殿の側におれば、いずれ辛い思いをすることになろう。そうなれば、譲殿も苦しむ。都人と蝦夷《えみし》。初めから住む世が違うのじゃ。ここできっぱりと縁を切った方が、お前のためでもある。幸い、今は戦も収まっておる。村に戻り、お前の幸せを探す方が、譲殿も喜ばれるじゃろう――

だが、為斗はすでに自分が譲を慕っていることに気づいていた。どうしても、離れたくないと言う為斗に、とうとう真雄は真実を告げたのだ。

――たとえ慕うたところで、譲殿はお前を受け入れぬじゃろう。あの御方も、いずれは妻《めと》を娶られる。出羽より遠く離れた都で、お前は一人で寂しさに耐えねばならぬのだぞ――

真雄は純朴で一途《いちず》な為斗を哀れに思ったようだ。

「その者は、そなたが為斗の家族の命を奪《うば》うたことを告げた」

「それでも、為斗は私に付き従ったのか？」

「ほぼ三日、泣き続けた。病に罹《かか》ったと言うて、そなたに会わなかったことがあった筈だ」

仇《かたき》に命を救われた、その悔しさもあっただろう……。

「私を、憎んではいないのだろうか」

「憎悪の果てにも、愛はあるのだろう。我はそれを娘の心に教えて貰《もろ》うた」

「それゆえに」と、虚神は譲の身体に回した腕に力を籠《こ》める。

「そなたの心を求めるのはやめた」

「私の心がなければ、失った力を取り戻せないのでは？」

——心をよこせ——

あれはそのための約束であった筈だ。

「心がなくなれば、為斗の愛に応《こた》えてはやれまい」

それは、譲の思ってもみなかった言葉だった。

「もしや、私に、為斗を愛せ、と言うのか」

唖然《あぜん》としている譲の方へ、虚神は顔を寄せて来る。

「その代り」

一瞬、唇に何かが触れた気がした。それが唇だと分かった時、耳元で虚神が囁《ささや》いた。

譲は思わず虚神の身体を掻《か》き抱く。それは新しく交わされた、二人の約束だった。

「承知した」と、譲はきっぱりと言った。

幼い頃の白鷹との初めての出会いが思い起こされた。

譲はさらに声音を強めて虚神に問いかける。

「私はどうすれば良い。どうすれば、あなたとこの山を守れる？　いいや、人の世を救えるのだ？」

そのための力が己にあるなら、今こそ命を賭《と》して戦える、そう思った。

瘴霊はすでに魔道山の鬼渦から人の世に流れ出ている。それを引き寄せている何かが、今の京に存在している。

虚神は、まずはその「何か」を知らねばならない、と言った。

「そなたの許《もと》へ行った時、何者かの強い悪念が、そなたの周りに纏《まと》わりついているのが分かった。瘴霊が、その者に力を与えているのも……」

（淑子殿か？）と咄嗟《とっさ》に思った。何しろ、黒矢党まで放って来たのだ。

「そなたに強い恨みを抱いておる者じゃ」

虚神の言葉に、譲は再び考え込んだ。淑子に恨まれる覚えはない。刺客を送って来たのは、恨みからではなく、譲の存在が邪魔であっただけだ。

その時、密詔のことが頭に浮かんだ。基経からも橘広相にも問われた。太政大臣《だいじょうだいじん》や、定省王の側近が関心を寄せている、文徳帝の遺言ともいうべき「文《ふみ》」だ。

しかも、その内容は譲の運命に作用する物らしい。二人とも、なぜかそれが譲の手元にあると考えているのだ。

（いいや、二人だけではない。染殿の太后《たいこう》がいる）

妖蓮《ようれん》の沼で蘇《よみがえ》った記憶の中で、太后は密詔を持ち出して、執拗に夏萩を責めていた。

「密詔……」

思わず譲は声に出した。

「私の父、文徳帝が遺《のこ》した詔が関わっているかもしれぬ」

「だが」と譲は肩を落とす。

「その文が、どこにあるのか私は知らないのだ」

「『ふみ』とは、どのような物だ？」

虚神が問うて来る。

「白き紙に、墨の黒で文字の書いてある……」

「紙ならば、知っておるぞ。大臣《おとど》と呼ばれている男の屋敷で、文字を書いた。そなたの名前だ」

基経に見せられた、「これただしんのう」と書かれた紙を譲は思い出した。

「あなたは、文字が書けるのか？」

「姫の身体が知っておった」

虚神はそう答えてから、まっすぐに譲を見る。

「我には、その『ふみ』の在り処《か》が分かる」

あまりにも唐突だったので、譲は返す言葉を失ってしまった。

「この身体の傷を癒《いや》したのは、夏萩の記憶で染められた布であった。岩長姫の布はまさに絵巻そのもの。その中に、『密詔』とやらの段も描かれていたのじゃ」

夏萩は、父親らしき老爺《ろうや》の前に、薄く細長い包みを置いた。

――主上からお預かりした大事な密詔です。これをある場所に隠そうと思うております。これが惟忠にとって、良い物になるか悪い物になるか、見極められるまで、表には出さぬ方が良いかと――

「では、お祖父《じい》様は知っていたのだな」

しかし、譲の祖父は亡くなる折に、密詔のことは一言も口にしなかった。おそらく、譲にとって決して良い物ではないと判断したのだろう。

「密詔はどこにあるのだ？」

虚神は大きく頷《うなず》くと、一言こう言った。

「言わずの樹の下……」

「言わずの樹の下……。母はそう言ったのだな」

だが、六条の屋敷の庭には、植木だけでも何本もある。ことに夏萩は花木を好んだ。桜、梅、桃、百日紅《さるすべり》、椿、山茶花《さざんか》、躑躅《つつじ》……。知っている名前を挙げて行く間にも、四季折々の花々が、譲の脳裏で咲き誇っている。

「夏の花だ。白く良い香りがする」

「良い匂いのする、白い花だけでは……」

「分からぬ」と言おうとして、譲はあっと小さく声を上げていた。

——これは、秘密の花。物言わぬ、花。ゆえに……——

幼い頃、あまりにも良い匂いがするので、その真っ白な花の名を夏萩に聞いたことがあったのだ。

「梔子《くちなし》」

譲は虚神に視線を向けた。

虚神が為斗の顔でにこりと笑った。

その時、いきなり周囲が騒がしくなった。戸が開け放たれ、何者かが勢いよく部屋に入って来た。

見ると、鷹取女《たかとりめ》だ。鷹取女は肩から一抱えほどの荷を下ろすと、譲の前にそれをドサリと置いた。

銀色の網の中で、鳥がバタバタと羽ばたいている。どうやら鷹のようだ。鷹はギャーギャーと騒々しい声で鳴きながら、猛然と暴れていた。

「私の網に掛かったので、連れて来た。都人を捜しに来たらしい。そなたのことであろう？」

振り乱れた髪の間から、鋭く切れ上がった目が譲に向けられている。譲は驚いたがすぐに答えた。

「私の鷹ではない。それに、探しているのは白鷹《はくよう》だ」

「そろそろ元の姿に戻してやれ」

譲の傍らで虚神が言った。

「その姿では、話しとうても、話せぬだろう」

「ああ」と、鷹取女は初めて気が付いたように頷いた。

「人は人の姿でないと思いが告げられぬというが、まこと不便なものじゃな」

鷹取女は鷹を閉じ込めている網から己の手元に繋《つな》がっている細い綱を、ピンと引っ張った。

その途端、銀色の網が見る見るうちに解《ほど》け、スルスルと音を立てて、鷹取女の右腕に巻き付いたのだ。

網から自由になった鷹は、両翼を大きく広げると、たちまちその姿を一人の男のものに変えていた。

「真継っ」

譲は思わず声を上げた。

眼前にいたのは、まさしく安倍真継であった。

烏帽子《えぼし》もどこへやら、髷《まげ》も解け、髪が振り乱れた姿で、真継はその場にへたり込んでいる。

「真継、しっかりしろ。私だ」

譲は真継の衿《えり》を摑《つか》んで、その身体を揺さぶった。

真継の視線は、呆《ほう》けたようにウロウロと辺りをさ迷っている。

「鷹取女、真継に何をしたのだ？」

譲は怒りを露《あらわ》にして、鷹取女を睨《にら》みつけた。

「そなたに会いたがっていたゆえ、連れて来たまでだ」

鷹取女は不服そうに顔を歪《ゆが》めた。

「しかし、鷹の姿であったぞ」

見間違いではない、と譲は思った。それに真継の様子は明らかにおかしい。

「人のままでは、到底、運べぬ」

鷹取女は、自分に落ち度はないとばかりに言い張った。

「それに、人の足ではここまでは来れぬゆえ、鷹に変えたのだ」

鷹取女はそう言うと、真継の方に手を伸ばした。

「おい、いい加減、正気に戻れ。主人だという都人の許《もと》へ連れて来てやったのだぞ」

鷹取女は指先で真継の額を突《つつ》いた。途端に真継はハッと両目を見開き、首を巡らせて周りを見た。

「あっ、譲様っ」

真継は譲の身体に縋《すが》り付く。

「気が付いたか。いったい、何があったのだ？」

やっとまともに話ができそうだ。譲は安堵《あんど》して真継に問いかける。

「危うく崖《がけ》から足を踏み外しかけたところを、一人の女人に助けられました」

そう言ってから、真継の視線は鷹取女に向けられた。

「あの女人です。何やら怪しげな術を使う女で、気が付けば、私は網に捕われ、中空を風の速さで飛んで、たちまち、ここまで……」

真継は怖ろしそうに身震いをした。

「眼下に林やら森、渓谷も見えました。強い風に巻かれ、この身体が今にも引き千切られそうで……」

「私は急いだだけだ」

鷹取女は不満げに言った。

「話は分かった。やり方はともかく、連れて来てくれたことには礼を言う」

譲が頭を下げると、鷹取女は機嫌を直したらしく「礼ならば、言葉ではなく形で貰《もら》う」と言った。

白鷹の中の姫の魂の代りと、真継を助けられた恩……。譲には、鷹取女に二つも借りができてしまった。

「何ゆえ、私の後を追って来たのだ」

譲は改めて真継に尋ねた。

「そなたには、為斗の側にいるよう命じた筈《はず》だ」

その言葉に、真継はやっと本来の目的を思い出したように、一気に水が溢《あふ》れるように話し始めた。

「あれは、譲様が山へ行かれた三日後のことでした」

深夜、突如、屋敷が黒装束の者等に襲われたのだ。

「賊かと思いましたが、すぐにあの黒矢党だと分かりました」

「尚侍《ないしのかみ》がよこしたのか？」

問うと、真継はかぶりを振ってこう答えた。

「よく分からぬのです」

真継は郎党を率いて戦った。だが、彼等の動きはあまりに素早く、気が付いた時には姫の姿はなかったのだという。

「我等は昼間の戦いには慣れておりますが、何分、夜の闇の中では動きが鈍くなり……」

真継はそこで言葉を切った。自分でも言い訳めいていることに気づいたようだ。

「譲様の留守中、何事もないようにと、守りは固めておいたのですが、まことに申し訳のない次第です」

真継は項垂《うなだ》れる。

「基経殿には、この事を伝えたのか？」

「いえ、大事な姫が攫《さら》われたとあっては、譲様に御咎《とが》めがあるやも知れぬと思い、とにかく、一刻も早くご指示を仰ごうと魔道山へ参りました」

「なんと、無謀なことを……」

譲はすっかり呆《あき》れてしまった。

「私ですら迷いながら、ここまで来たのだ。ましてや案内もいないそなたが、どうして私の許へ辿《たど》り着けると思うたのか……」

すると、真継は妙に確信めいた顔になり、きっぱりとした口ぶりでこう言った。

「『魔道山』は『惑いの山』。心に迷いのある者が踏み込めば、山に喰《く》われてしまうとか。なれど、私には迷いは一切ありませぬ。ただ、譲様にお会いしたい一心でこの山へ入ったのです」

「その男の申すことは本当じゃ」

鷹取女《たかとりめ》が口を開いた。

「迷いのない者には、山は道を開く。ゆえに、私がその者の案内役となった」

真継は鷹取女に視線を向けた。やっと己を取り戻したのか、真継は鷹取女に近づいた。

「あなた様のお陰で、無事に……」と言いかけて、一瞬言葉に詰まる。

「主人の許へ辿りつくことができました。心より礼を申します」

真継は深々と鷹取女の前に頭を下げた。

鷹取女はその態度に驚いたようだ。「ならば礼をよこせ」とも言わずに、両目を大きく見開いて、じっと真継の顔を見つめている。

「黒矢党を使うなら、尚侍だが……」

譲は真継に言った。

「淑子殿が、基経殿の娘を攫う理由はあるまい」

定省王に立太子の話がある今、太政大臣《だいじょう》の怒りに触れるような行動に出るとは考え難い。

「淑子殿を意のままに操れる者がいるとすれば……」

(藤原明子)

譲の脳裏にその名が浮かんだ。

「染殿の太后《たいこう》が動いたのだな」

「譲様の留守を狙っての所業と思われます。なれど、その目的が分かりかねます」

真継は首を傾げる。

「太后は姫を攫うことで、二人の人質を得た」

譲の言葉に、真継はハッと顔を向けた。

「身体は藤原の姫、魂は、為斗……」

「太政大臣と、この源譲の弱みを握ったのだ」

「しかし、姫の中に為斗がいることは知らぬ筈……」

太后が「ただの人」であるならそうだろう。だが、瘴霊《しょうりょう》が憑《よ》りついているなら話は別であった。

太后は、藤原基経には陽成上皇の重祚《ちょうそ》を要求して来るに違いない。譲に対しては、密詔かあるいは、命か……。

ふいに虚神の身体が揺らいだ。倒れそうになるその身体を、譲は咄嗟《とっさ》に支えていた。

「気霊《けみ》様……」

そこへ岩長姫が玄兎を伴って現れた。

「鬼渦《きか》より流れ出た瘴霊が、黒雲に乗って都の空を覆い始めておりまする」

「玄兎、山守を全山に放て。なんとしてでも瘴霊を封じよ」

譲の腕に縋りながら虚神が命じた。

玄兎はすぐさまその場から姿を消した。

「その身体では、お力が出せますまい」

岩長姫が案ずるように虚神に言った。

「人の身体はお捨て下さい。瘴霊が強まれば、気霊の力は弱まってしまいます。人の中に在れば、なおさら力を失って行くばかり。もはや、これ以上は……」

「待て、為斗はどうなるのだ？」

譲は岩長姫の言葉を遮った。

「今、気霊が離れれば、為斗の身体は死んでしまうのだぞ」

岩長姫には、人の身体を労《いたわ》る気持ちがない。それは、傷ついた虚神に、平然と人の身体から離れるように言ったことからも分かっていた。魔道山にとって、いかに気霊が大切かを、今の譲は重々承知している。しかし、それでも為斗を失う訳には行かなかった。

「何も慌てることはあるまい。別の魂を入れれば良かろう」

その時、鷹取女が淡々とした口ぶりで言った。

「だからと言うて、誰の魂でも良いという訳ではあるまい」

譲は鷹取女に視線を向けた。

「白鷹《はくよう》には、生人の魂がある」

「それは、そうなのだが……」

為斗の身体に気霊を入れ、姫の身体には為斗の魂が入っている。その為斗の身体に姫の魂を運ばせ、後《のち》に、姫と為斗の魂を入れ替える。当初は、譲もそう考えていたのだ。

「しかし、肝心の白鷹が捕まらぬままでは、それもできまい」

「今度こそ、捕えてみせる」

鷹取女は、自信有りげに言い切ると、虚神を見た。

「白鷹は見逃せと言われましたが、こうなっては、従う訳には参りませぬ」

そこへ、突然姿を見せた者がいる。白い髪、白い眉《まゆ》の小柄な老人だった。

「白蛙老《はくあろう》ではないか」

譲は驚いた。しかも老人の腕には、あの白鷹が止まっている。枯れ枝のような老人の腕では、さすがに重そうだ。

「何ゆえ、あなたがその鷹を連れておられるのですか?」

慌てて尋ねる譲の前で、白蛙老は悠然と白鷹を撫《な》でている。

「この鷹は、瘴霊の気の流れに危うく呑《の》み込まれるところじゃった。今やこの山で、安全な場所は気霊のおわすこの水晶の館《やかた》のみ。ゆえに、わしも白鷹も、ここへ身を寄せに来た」

白鷹は、求める者の前には姿を現さぬ……。以前、虚神が言った言葉が譲の頭を過《よぎ》る。

「わしの腕では支えきれぬ。お前さんにやろう」

白蛙老は譲に向かって「それ」と腕を振った。

白鷹は大きく羽ばたいたかと思うと、たちまち一人の少女にその姿を変えた。

見覚えのある顔だった。頬はふっくらとして、顎《あご》はやや小さい。切れ長の目と、すっと通った鼻筋、花弁を思わせる唇。絹糸のような髪が、白い額を覆い、肩から腰へと流れ落ちていた。

「太政大臣家の姫君か……」

譲は問いかける。すると、少女は困惑したように小首を傾げた。落ち着かない様子で辺りを見回してから、やっと口を開く。

「そなたは、何者じゃ」

「姫を迎えに参った者にございます」

譲は姫の前に片膝《かたひざ》をついた。

「父君が案じておられます。どうかお戻り下さい」

姫は戸惑っているようだ。

「なぜ、わらわはこのような所におるのじゃ？」

「覚えてはおられぬのですか」

「何やら怖ろしい思いをしたのは覚えておる。わらわは何者からか逃げておった。それから、ふっと身体が軽くなり……」

そう言ったかと思うと、姫はパンと両手を打って満面に笑みを浮かべた。

「わらわは空を飛んでおった。ふわふわとそれは心地が好《よ》かった。その時の風の音が、今も耳に残っておる。あれは、まこと良い夢であった」

「楽しゅうございましたか」

姫の無邪気な態度に、譲は思わず笑っていた。

「実に楽しい夢であった。空から眺めると、地上は、それは広うてな。このまま、ずっと遠くまで飛んで行きとうなった」

「それは良い夢をごらんになられましたな」

譲の言葉に、姫の顔に失望が浮かんだ。

「そうか、あれはやはり夢であったのか……」

譲はそっと姫の手を取った。

「夢であっても、その御心に留《とど》めておけば、いつでも姫は空を舞う鳥になれまする」

「本当に、わらわは鳥になれるのか？」

不安そうな顔をする姫に、譲は大きく頷《うなず》いてみせる。

「忘れさえしなければ、きっと……」

姫は安堵《あんど》したように笑った。

その笑顔が陽炎《かげろう》のように揺らめいた。ふっと姫の姿が消えたのと、虚神がその場に倒れ込んだのがほぼ同時であった。

其の二　瘴霊

為斗は静かな寝息を立てていた。その身体の中に在るのは、姫の魂だった。気霊はもうそこにはいない。

だが、それを寂しいとは思わなかった。

──我はそなたと共にいたい。我を受け入れよ。そなたの心に……──

譲の心を奪うのではなく、その心の中にありたい、と虚神は言ったのだ。

──承知した──と譲は答え、虚神を抱きしめた。

胸の奥がじわりと温かい。そこに気霊が在るのを感じる。

譲は振り返った。岩長姫と白蛙老、それに鷹取女《たかとりめ》がいて、譲の顔を無言で見つめている。彼等には、譲の中に気霊がいることがすでに分かっているようだった。

「譲様。為斗はいったいどうなったのですか？」

真継が困惑したように譲に問いかけて来た。

「白鷹の姿が姫に変わったかと思うと、その姫が消え、為斗が眠ってしまいました」

「為斗の中には、姫の魂がある。そなたは、ここで為斗を守っていてくれ」

「譲様は、どうされるのですか？」

「やらねばならぬことがある。それが終われば、そなたたちを迎えに来る」

譲は岩長姫に視線を向けた。

「これから鬼渦に向かう。まずは瘴霊《しょうりょう》の流れを止めねばならぬ。この者等を頼んだぞ」

「承知いたしました」

岩長姫の態度は、まるで気霊に対するように丁寧なものであった。

「では、この子をお連れ下さいませ」

岩長姫は着物の片袖《かたそで》から、何やら黒い小さな塊を取り出した。

「玄兎から預かっておりました。この子は、あなた様の案内役だから、と……」

黒い塊はぴょんと譲の手の中に飛び込んで来る。

実に心強い従者であった。

外に出ると、景色は異様なものに変わっていた。岩長姫の館の上空だけが、円形に切り取られたように青い。まるで湖の縁を覆うように、その周囲を真っ黒な雲が覆い尽くしていた。

黒い雲の流れは都のある方角へ向かっている。守られているとはいえ、竹の林を抜けて吹き付けて来る風は妙に生暖かく、不穏な気配を孕《はら》んでいた。ザワザワと騒ぐ竹の音も、何やら化け物の声にも聞こえる。

庭先が石ころだらけになっていた。石がコロコロと勝手に動いている。時折、石の表面に怯《おび》えたような目が開く。岩猿も、危険を感じてここへ逃げ込んでいるのだろう。

上空を無数の鷹が飛び交っていた。彼等も落ち着かないようだ。

闇王は譲の手から飛び降りた。途端にその姿は大きな狼の姿に変わっていた。

「闇王の身体を通り抜ければ、鬼渦《きか》へ入れまする」

岩長姫が教えてくれたが、どういうことか分からない。困惑する譲に、鷹取女が言った。

「私が先に行く。そなたは、後に従えば良い」

「そのようになさいませ」

「闇王、お前か……」

岩長姫がすかさず言った。

「気霊《けみ》を心に持ってはいても、身体は人。何があるやも分かりませぬゆえ」

鷹取女が小さく笑った。

「案ずるな。そなた一人ぐらい守ってやる。その代り……」

「礼ならばする。お前の欲しいものをやろう」

譲は最後まで言葉を待たずに答えた。

「約束じゃ」

と、鷹取女は言うなり、闇王に向かって駆け出していた。

驚く間などなかった。闇王は口を大きく開けた。その口がどんどん広がり、狼の身体は、黒々とした靄《もや》へと変わって行った。

鷹取女は闇王の口の中へ飛び込んだ。その瞬間、譲の方へ、銀色の綱が伸びて来た。綱はたちまち譲を搦《から》め捕ると、そのまま闇王の中へと引き込んで行った。

辺りは夜よりも暗くなった。身体がふわりと軽くなり、足下から地面が消えた。

空気が激しく渦を巻き始め、譲は闇に呑まれたのが分かった。

――承服できぬっ――

突然、女の声が耳をつんざいた。聞き覚えのある声だった。譲はそこに、明子の姿を見た。

明子の前には見知らぬ初老の男が座り、その後ろには基経が控えている。

基経は譲が知っているよりも遥《はる》かに若い。二十代半ばくらいだ。そこは宮中の明子の居室のようだった。置かれた数々の調度品は、趣向を凝らした贅沢《ぜいたく》な物だ。衣桁《いこう》には豪華な衣装が掛けられていた。

――皇太后様、どうか気をお鎮め下され――

初老の男が宥《なだ》めている。「皇太后」と呼ばれているところを見ると、惟仁親王が帝位に即いた後のことなのだろう。

――良房殿のおっしゃる通り、そう怒っておいでては御身体に障りまする――

基経が窘《たしな》めた。どうやら、初老の男は明子の父、摂政の藤原良房のようだ。

――主上は、まだ十二歳じゃ。これから妃《きさき》を持ち、御子《みこ》も儲《もう》けられよう。主上の御子を立太子させるのが筋というものじゃ。何ゆえ惟忠を太子に立てねばならぬ――

(私を太子に……? いったい何の話だ)

譲は己の眼前で繰り広げられている光景に、思わず見入ってしまった。

――亡き帝《みかど》と、密約を交わしておるのじゃ――

良房が半白の顎髭《あごひげ》をしごきながら言った。

――文徳帝は、御長子の惟喬親王に帝位を継がせようとしておられた。そなたの産んだ惟仁親王を、赤子の身で立太子させたことに不満を持たれておってのぅ。参議や文官等らの間でも反対する者が多かった。何しろ惟仁親王は第四子じゃ――

――大臣殿《おとど》のお力で、なんとでもなりましょう。藤原氏に逆らえる者などおりませぬ――

明子は強い口ぶりで言い放った。その態度は傲慢《ごうまん》な誇りに満ちている。

――我が藤原氏の繁栄は、惟仁親王が帝位に即いてこそじゃ。文徳帝に御不満があっては他の参議への示しがつかぬ――

――それで、密約を交わされたと……――

明子は横目で父親を睨《にら》んだ。

――惟喬親王に譲らせる訳には行かぬ。親王の母親は紀氏の出じゃ。紀氏は、我が藤原氏とは対立しておる――

皇子《みこ》が帝位に即けば、その外戚《がいせき》が力を持つ。名門の家系であればあるほど、敵対するのは必然であった。

――兄から弟への帝位継承は、これまでにも幾度か行われております。その御代は争いもなく、国も平安に治まったとか。惟仁親王を帝位に即け、その後を惟忠親王に譲ることで、先帝も納得されたのです――

基経の言葉に、明子は苛立《いらだ》ちを隠せない様子だ。

――先帝が惟忠の立太子を望むのは、母親があの夏萩だからじゃ。わらわは、それが腹立たしい――

明子は不機嫌そうに眉根《まゆね》を寄せた。

――夏萩は侍女の分際で、わらわから帝の心を奪い取ってしもうた。その女の産んだ子を、我が子の後継者にするなど、到底許せることではあるまい――

――しかし、帝との密約を反古《ほご》にする訳には参らぬ――

良房は困惑顔でかぶりを振った。

――帝はおらぬ。密約など、父上と基経殿以外に知る者はおりますまい――

明子は何がなんでも認めたくはないようだった。

――密詔が残っておる。文徳帝は、それを誰かに渡しておるやも知れぬ――

――主上の遺品の中に、それらしい文《ふみ》は見当たらなかった――

明子はじっと考え込んだ。

――あるいは、夏萩が隠し込んでおるのやも……――

――いずれにせよ、帝との約束をないがしろにしたとあっては、藤原氏への信頼が崩れましょう。ここは取りあえず、惟忠親王を太子に立て、時機を見てはいかが、かと――

明子は基経の言葉を、さっと片手を上げて遮っていた。その顔には、強い決意の色が浮かんでいる。

——惟忠親王が、おらねば良いのじゃ——

良房と基経は、驚いたように明子を見た。

——この世から、いなくなれば良いのじゃ——

明子はその美しい顔に夜叉《やしゃ》の笑みを浮かべた。

——仏門に入れると言うて、夏萩から取り上げるのじゃ。まさか皇太后の命令に逆らうことなどできぬじゃろう——

——惟忠親王は、未《いま》だ五歳。その幼さでは、仏門に入れるにしても、夏萩が承知いたしますまい——

——ならば死を与えるまでじゃ——

——夏萩の命を奪うというのですか——

基経が声を上げた。良房は目を瞠《みは》り、ぐっと口を閉ざしている。

——先帝の更衣《こうい》であった御方です。それではあなた様の御名を汚しましょう——

基経が言った時だ。良房が口を開いた。

——黒矢の者を使われてはどうであろう。あの者等はこのような時のために、内侍《ないしの》司《つかさ》におるのじゃ——

——それではわらわの気が晴れぬ——

明子はきっぱりと言い放った。

――夏萩の息の音は、わらわの手で絶つ。惟忠にその様を見せるのじゃ。さすれば、文徳帝の皇子などとは口にも出せなくなるであろう――

「いったい、これは何なのだ？」

誰に言うともなく、譲は呟《つぶや》いていた。

「瘴霊《しょうりょう》を引き寄せている者の悪念じゃ」

鷹取女《たかとりめ》の声が傍らで聞こえた。

気が付くと、譲の片腕にはあの綱が絡み付き、銀色の光を放っている。綱の先は、鷹取女の手首に巻き付いていた。

闇の中に描き出された絵巻は、やはり明子の記憶のようであった。しかも、それは母と譲の命を奪う算段の場でもあったのだ。

明子は女御《にょうご》である自分を差し置いて、侍女の身で帝の寵愛《ちょうあい》を受けた夏萩に、強い嫉《しっ》妬《と》と怒りを覚えていた。

この記憶によると、明子が密約の存在を知ったのは、主上が十二歳の時のことだ。

譲は五歳だ。母の命が絶たれた年でもある。

嫉妬による恨みを晴らすならば、文徳帝がこの世を去った時に実行していた筈《はず》である。

そうしなかったのは、女御としての立場と誇りが、明子を抑えていたからだ。

しかし、その三年後、明子は文徳帝と良房との間で交わされた密約の存在を知った。

それが、夏萩と譲の殺害を決意するきっかけとなった。

惟仁親王が帝位に即いたことで、皇太后となった明子の権力は絶大であった。先帝の更衣と皇子の命を、手中に握れるほどに……。

(皇太后の思い通りになったな)

彼の前から絵巻物は消え、再びそこは闇に変わっていた。

結局、譲は明子に言われるままに、都から逃れ、決して表に出る道は選ばなかったのだ。

(それにしても、私を太子に立てよ、とは……)

そのような密約があったのなら、基経が譲を復位させようとしている話も、急に現実味を帯びて来る。内侍司の暗殺使までが動いたのだ。譲が帝位に即くことも、あり得ない話ではないのだろう。

当然、参議の間からは、臣籍に下った譲を復位させてまで太子に立てることに、疑問の声も出よう。母親の身分を持ち出す者もいるかも知れない。もし文徳帝と良房の間で交わされた密約の存在を公表することができれば、すべては基経にとって有利に事が運ぶ。ただし、やはりそれには密詔その物がいる。

(ただの文ごときで……)

怒りが譲の胸の内に湧いて来る。

(母は命を落とさねばならなかったのか)

——これただ——

突如、呼びかけられ、譲はハッとした。もう為斗の声ではない。これは虚神の声だと思った。

——怒りを抑えよ。瘴霊にとっては恰好《かっこう》の餌ぞ——

心を平静に保て、と虚神は忠告しているのだ。怒りも憎しみも、強くなればなるほど、瘴霊の力となる……。

「あれが鬼渦《きか》じゃ」

その時、鷹取女が言った。

眼下には暗黒の深い闇が広がっていた。その中に大きく渦巻く流れがある。

「あの渦に飛び込む」

鷹取女のその言葉に譲は初めて恐怖に似たものを感じた。

譲は戦士であった。戦場の敵に対して怖れを感じたことはない。しかし、今、目の前に広がる渦を目の当たりにして、譲はすぐにでもこの場から逃げ出したくなった。

その時、身体が強い力で下方に引っ張られた。何かの力が譲を渦へと引き込もうとしていた。

「気をしっかり持てっ」

鷹取女の声が耳をつんざいた。

「怖れれば、瘴霊に喰《く》われるぞ」

「怖れはせぬ。行くぞ、鷹取女っ」

譲は己を奮い立たせると、意識を渦へと向けた。

一瞬、身体が浮いたのを感じた。前後左右が分からなくなるほど、激しく渦に翻弄《ほんろう》された。耳元では、調子の狂った楽器を鳴らすような不快な音が、いつまでも響いている。

もはや恐怖は感じなかった。ただ気分がひどく悪くなった。それを堪《こら》えながら、身体が転がされる感覚が終わるのを、譲は辛抱強く待っていた。

やがて音が途絶え、身体も動きを止めた。

譲は恐る恐る目を開いた。そこには、思いもしなかった光景が広がっていた。

明るい光の中に、人々の営みがあった。様々な人物の姿が現れては消えて行った。

立派な袈裟《けさ》の僧侶《そうりょ》もいた。衣冠束帯の公達《きんだち》もいる。豪華な衣装に身を包んだ女人や、武官の姿もあった。

馬で行く者、牛車《ぎっしゃ》に乗る者……。遥《はる》か昔の時代に生きた者たちもいた。

「ここが、鬼渦の中なのか……」

想像していたものとは、あまりにもかけ離れている。

突然、激しい炎が吹きつけて来て、これまでの光景を一変させていた。

炎は次々に人々を呑み込んで行った。彼等の恐怖と苦痛の声が響き渡り、譲は思わず両手で耳を塞《ふさ》いでいた。

(ここは地獄か……)

そう思った時、再び虚神の声が聞こえた。

——皆、胸の内に無念の想いを抱いて死んだ者の魂じゃ。炎は、自らが抱えた怒りや憎しみによるもの。己自身の炎で焼かれる度に、彼等の恨みの念はさらに強くなる。怒りはさらに強い炎となって、何度も己の魂を焦がすのじゃ。苦痛は永遠に続く。恨みもまた、永遠じゃ——

「彼等を解き放つ方法はないのか」

このままでは、あまりにも哀れに思える。

——ないとは言い切れぬが、自ら逃れようとせぬ魂が、瘴霊となるのじゃ。人にとっては容易いことではあるまい——

怒り、憎しみ、恨み。それらは、それほどに捨てるのが難しいことなのだろうか。

譲は己の胸に問いかけた。母を殺された恨みは、残ってはいないのか、と……。

どこかで、狼の遠吠《とおぼ》えが聞こえた。

「この流れを止める」

鷹取女が言った。人の業が黒雲となってうねり流れて行く。その様が、渦の中からもよく見えた。流れの周囲に立ち込める黒い霧が、樹木の間を縫うように、山にも広がりつつあった。狼の声は、魔道山のあちらこちらから聞こえ、その度に、黒い霧は生き物のように震え、伸ばしていた足を縮めるように歩みを止める。

鷹取女の指先は、流れ出る瘴霊の一点を示していた。

「人の世との境界が、あの辺りだ。私が塞いで止めるゆえ、後はそなたに任せる」

「私はどうしたら良いのだ？」

「瘴霊《しょうりょう》を人から外さねば、封印できぬ。そのためにも、瘴霊に憑《よ》りつかれている者の魂を浄化するのだ」

「それは……」

譲は一瞬言葉に詰まった。

「それは、私が太后を救うということか」

明子には、恨みこそあれ、助ける筋合いなどない……。譲はそう叫びたかった。

（嫉妬《しっと》や恨みで、母の命を奪《うば》うた女など、何ゆえ、この私が……）

あまりにも理不尽だ。

――その女が悪いのではない――

虚神の声が言った。

――人の中には、瘴霊の力を受け易い者がいる。どんなに激しい性質を持っていても、心がひどく弱いのだ。その弱さゆえ、簡単に瘴霊に操られてしまう――

「染殿の太后が、瘴霊に操られる人形だとでもいうのか？」

（あり得ぬ）と譲はかぶりを振った。

――いずれ分かる時が来よう。瘴霊が正体を見せれば……――

虚神の言葉に戸惑っていると、「さあ、行け」と鷹取女《たかとりめ》が叫んだ。

その声と共に、闇を斬り裂くようにして、白い光が譲の前に現れた。

あの白鷹《はくよう》だ。そう思った次の瞬間、譲は白鷹の身体に吸い込まれていた。

バサリッと力強い羽音が、耳の側で聞こえた。

譲は己自身が鷹の中にいるのが分かった。

――都へ向かえ――

虚神の声が命じた。おそらく白鷹に告げたものだろう。譲の身体が風を切って飛ぶのが分かる。身も心も軽く、何ものにも縛られない自由を感じた。

振り返ったそこには、鷹取女の姿があった。

銀色に輝く鷹取女の綱が、巨大な蜘蛛《くも》の巣のように張り巡らされている。黒雲の流れは、そこで遮断され、都への流出は止まっていた。

その巣の真ん中に、四肢を伸ばした姿で鷹取女はいた。流れを止められても、黒雲の力は強大で、銀色の綱は、今にも破られそうに撓《しな》っている。

「急げっ、私の力も、長くは持たぬぞっ」

「無事でいろ。せめて、私が借りを返す、その時まで……」

その瞬間、鷹取女の身体から、さらに左右に二本ずつの腕が飛び出して来たのだ。

それは、八本の腕を持つ蜘蛛の姿にも似ていた。

其の三　密詔

深い闇を抜け、降り立ったそこは、六条の譲の屋敷であった。

山へ入ってから幾日が経っているのだろうか。出立したのは、月も下弦を過ぎた四月二十五日のことだった。梅雨には珍しく空は晴れているが、月は見えない。どうやら今宵《こよい》は朔日《さくじつ》のようだ。屋敷が襲われたのは、三日後だと真継は言った。それが二十八日だとすれば、真継が、譲の許《もと》へ辿《たど》り着くまで、三日を要したことになる。

夜空には満天の星の輝きがあった。その中を黒雲が細く流れていた。鷹取女が止めているせいか、瘴霊の勢いは衰えつつあるようだ。

譲は闇の中で目を凝らした。屋敷内は妙に静かだった。残った郎党やその家族等の安否が気がかりだったが、まずは密詔を探そうと思った。

黒々した樹木が立ち並ぶ庭先で、譲は困惑していた。梔子《くちなし》の木がどこに植わっていたのか、すぐには思い出せなかったからだ。

無理もなかった。譲は任官してから、ずっと任地の東北で過ごしていたのだ。

その時、どこからか漂って来る甘い香りに気が付いた。どうやら、梔子の花の咲く時季だったようだ。

その匂いを頼りに歩いて行くと、母の居室の前庭に着いた。こんもりとした葉の茂みがある。黒々としたその塊の中に、ぽつりぽつりと白い花が星のように咲いていた。

譲はその木に近寄ると、根本を掘った。湿り気を帯びた土は柔らかく、両手の指だけでも、簡単に取り除けた。

間もなく指先が何か硬い物に当たった。掘り出してみると、桐の箱が出て来た。中には、さらに一回り小さな手箱が入っている。手箱は細長く、黒漆に蒔絵《まきえ》で萩《はぎ》の花を散らした美麗なものであった。丁度、扇でも入れられそうな大きさだ。

その小箱を開けようとした時だ。急に周囲が騒がしくなった。郎党等かと思って顔を上げた譲の前に、松明《たいまつ》の明かりが突き出された。

「源譲殿か？」

時満の声が呼んだ。気がつけば、譲の周りを、武装した兵士等が囲んでいる。その中の一人が前に進み出た。

明かりの中で浮かび上がったその顔は、やはり左近衛府《さこんえふ》の少将、藤原時満のものであった。

「なんというお姿じゃ」

時満はしばらくの間、譲をじっと見つめてからそう言った。確かに烏帽子《えぼし》もなく、髪は乱れ、衣服も破れている。まるで散所者と間違われそうな風体だ。

「何ゆえ、そなたがここにいるのだ」

譲は驚いた。

「この屋敷の郎党等はどこにいる？」

「皆、捕えられておる」

時満の顔には、いつもの陽気さは微塵《みじん》も見えない。

「どういうことだ？」

「謀反の罪で源譲を捕えよ、との、太政大臣《だいじょう》殿のご命令なのだ」

「私が謀反人だというのか？」

訳が分からず、譲は時満に詰め寄った。

すかさず、傍らにいた兵士が太刀の切っ先を譲の眼前に向ける。

「そなたが出羽国の蝦夷《えみし》と手を組み、謀反を企《たくら》んでいるとの知らせが入ったのだ」

「いったい、何ゆえそのようなことに？」

譲は戸惑うばかりだ。

「しかも、そなたは出羽に隠し金山を持っていて、密《ひそ》かに安倍真雄に管理させているというのだ。それを資金に蝦夷と手を組み、朝廷に反旗を翻すつもりである、と……」

「何者が、そのような讒言《ざんげん》を？」

怒りよりもまだ驚きの方が先に立つ。そのせいか、譲はなんとか冷静でいられた。

「権守《ごんのかみ》、藤原保則殿が、間諜《かんちょう》を使って調べさせたというのだが……」

「今、北方では蝦夷との争いが起きているという。安倍真雄殿がすでに兵を差し向けた筈《はず》だ」

真継からはそう聞いていた。

「争っていると見せかけて、その実、裏で共闘する算段をしているとの報告なのだ。真偽のほどはともかく、基経殿は姫を連れ戻すのが先決だと考えられた。それが昨日のことだ」

命令を受けた時満は譲の屋敷へ来たが、肝心の姫の姿はなかった。

「家人《けにん》の話では、数日前に姫は賊に連れ去られたというではないか。そのことを知らせないばかりか、そなたの腹心の真継もおらぬ。ゆえに、基経殿は、益々そなたへの疑いを強めてしもうた。やはり姫を人質にして、謀反を起こすつもりなのだ、と」

「もしや為斗のことも、疑いの発端になったのではないか？」

その懸念は、以前からあった。

「蝦夷の娘を側に置いているのだ。疑念を抱かれても仕方があるまい」

「私は隠し金山など持ってはおらぬぞ」

「藤原保則殿は、そなたをあまり快く思うてはおらぬようじゃ。基経殿からは、安倍真雄の嫡男、真継も捕えよと命じられた。真継の存在から、安倍氏と蝦夷、それにそなたに繋《つな》がりがあると考えたようだ」

松明の火影に揺れる時満の顔には、苦悩の色が滲《にじ》み出ていた。

時満の心情を思うと、譲の胸は痛む。

「その話、信じておるのか？」

譲は改めて問いかけた。

「信じられるならば、これほど悩みはせぬ」

時満は誰にぶつけて良いか分からない怒りからか、吐き捨てるように言った。

「基経殿は、最初に姫を拉致《らち》したまことの犯人は、譲殿だと断言されたのだ」

「あれは、陽成上皇が裏で糸を引いていたのでは？」

都を留守にしていた、ほんの数日の間に、事態は譲の思いもしなかった方向へ動いているようだ。

「姫を山へ救出に行ったのは、この私だ」

時満は声音を強めた。

「譲殿になんら落ち度はないことは、重々承知しておる。それでも……」

と、言いかけて、時満は一瞬、声を呑む。

「それでも、私はそなたを捕えねばならぬのだ。かけがえのない、友を……」

「良いのだ」

譲は労《いたわ》るように言った。

「それが御役目だ。役目ならば果たさねばならぬ」

衛士《えじ》に縄を掛けられながら、譲は時満に尋ねる。

「家人等はどうなるのだ？」

「そなたに謀反の意志がないと分かれば、解放されるだろう」

その言葉を、譲は暗澹《あんたん》とした気持ちで聞いていた。どうやら、譲に罪を問うことがすでに決まっているらしい。

「私に何があっても、彼等には関わりはない。何も知らぬ者に罪は問えぬ筈だ」

時満の表情は深刻そうだったが、それでも、「できる限りのことはしよう」と言ってくれた。

基経が譲に対して掌《てのひら》を返したのは、陽成上皇の重祚《ちょうそ》に踏み切る決意をしたからだと譲は考えた。尚侍《ないしのかみ》である淑子がどれほど抵抗したところで、瘴霊《しょうりょう》の力を得た染殿の太《たい》后《こう》の前では為すすべもないだろう。

瘴霊は、人の悪念や妄念の気の塊だという。あの渦を見た時、それが気の遠くなるほど長い年月の間に、溜《た》まり続けた人の業だということが分かった。裏切りへの恨み、叶《かな》わぬ願いに執着する妄念……。

それらが藤原明子の我欲に憑《よ》りつき、己の悲願を叶えようとしているのかも知れない。

譲が連れて行かれたのは、左近衛府ではなく、太政大臣藤原基経の屋敷であった。

縄を掛けられた譲は、篝火《かがりび》が幾つも焚《た》かれた庭先に引き据えられた。

基経は階《きざはし》の上から、譲を見下ろしている。閉じた扇の先で、忙《せわ》しなくパンパンと左の掌を打っていた。

やがて、心を決めたように、基経はゆっくりと階を降りて来ると譲の前に立った。

「私を、謀反人として処罰されるおつもりですか？」

尋ねると、基経は腰を屈《かが》めて譲の顔を覗《のぞ》き込み、「許せ」と言った。

「済まぬがそういうことに相成った」

「私が姫を攫《さら》ったとか……」

「そうじゃ。しかも、その姫をどこかに隠し、わしを脅そうとしておる」

「姫がどこにおられるのか、すでにご存じの筈」

譲の言葉に、基経の顔は一瞬凍り付き、やがてゆらゆらと揺らぎ始めた。幾つもの顔が入れ替わり、基経は、かなり混乱しているようだ。

（迷うているのだな）と、すぐに譲は判断していた。

「姫が染殿におられるのは、承知しております。必ずお救いいたしますゆえ、どうか私を信じてはいただけませぬか？」

譲の言葉に、基経はやや間を置いてから、「良かろう」と頷《うなず》いた。

「その前に、確かめたい物があるのだが……」

衛士の一人が時満に何かを手渡すのが見えた。梔子《くちなし》の根元に埋められていたあの箱だ。

時満が桐箱を基経の前に差し出した。

基経は箱を受け取り、蓋《ふた》を開けた。中には手箱が入っている。

基経はその箱を取り出した。

「これに、文徳帝の密詔が入っているのだな」

「おそらく」と譲は頷く。

基経は時満に譲の縄を解くように命じた。譲が自由の身になると、さっそく衛士等を下がらせる。

手箱の中に入っていたのは、一本の蝙蝠扇《かわほりおうぎ》であった。

基経は篝火に近寄り、その扇を開いた。

「まさに、これは詔じゃ。内容も私が良房殿から聞いておる通りじゃ。花押も、文徳帝と良房殿のものに間違いはない」

――惟仁親王の後継は、惟忠親王に譲るべし――

やはり、文徳帝は、長子の惟喬親王への譲位が許されぬならば、末弟の惟忠親王を立太子させるよう、良房に確約させていたのだ。

「それにしても、何ゆえ、密詔をこのような扇に仕立てたのであろう」

基経は不思議そうに、開いた扇を眼前に翳《かざ》した。その時、篝火の明かりで、扇の裏面の文字が透けて見えた。

「裏にも何やら書かれておる」

基経はそれを読むと、やや驚いたように眉根《まゆね》を寄せ、譲の前に開いた扇を差し出した。

扇の紙は骨を挟んで両面ある。当然紙は分厚くなるので、光にでも翳さない限りは裏面が透けることはない。

譲は受け取った扇を改めて確かめた。扇に表裏はない。時が経っていても、上質の紙はまだ真っ白で、墨の黒が美しい。

――命尽き　星となりゆく身なれども　恋うる想いは満ちし月かも――

「これは、恋文ではありませぬか？」

譲は驚いたが、何がしか違和感がある。

（本当に、母への想いなのだろうか）

そう思った時、基経はどこかしんみりとした口ぶりでこう言った。

「帝《みかど》がそなたの母に贈った、恋文であり、遺言だ。まこと、どちらも、染殿の太后の怒りを買うには充分な文じゃな」

帝の遺言も最後の恋文も、明子へではなく夏萩へ贈られていた。

（やはり、そういうことなのだ）

どれほどの恨みと妬《ねた》みと、悲しみが明子の心にあったのだろう。何よりも、身分の遥《はる》かに劣る夏萩に、帝の寵愛《ちょうあい》を奪われ、摂関家の娘としての誇りが、著しく傷ついたのに違いなかった。

明子は、誰もが陥る深い沼に囚《とら》われている間に、そこから抜け出せなくなっただけなのかも知れない。

「太后様とは、どのようなお話をされたのですか？」

容易に想像はつく。陽成上皇を再び帝の座に即け、基経の姫を嫁がせる。その件については、もはや高子も文句は言えまい。姫を攫った罪は、陽成ではなく源譲に被せる。都合の良いことに、姫は実際、譲の屋敷にいたのだ。そこに監禁されていたことにでもするのだろう。

「そなたは蝦夷《えみし》と手を結び、謀反を企てた。その罪で処罰する、ことにした」

基経にとってはすべてが思い通りだ。それなのに、なぜか乗り気のようには見えない。

「あなたにとって、不利な話ではないように思えますが……」

「姫の拉致騒ぎの弱みを、こちらが握っている限りは、たとえ上皇を重祚させても、もはや私の意に沿わぬ振舞いはするまい、と思うた。じゃが、拉致の罪をそなたが負ってしまえば、弱みが弱みでなくなってしまう」

その顔を曇らせて、基経は首を横に振った。

「それだけではない。太后様は、このわしに太政大臣《だいじょう》の地位から退くよう申された」

「それは、つまり……」

「陽成上皇が帝に返り咲いても、関白の位には就けず、姫の産んだ男児に譲位する際には、摂政にもなれぬ。せいぜい、左大臣か、右大臣、もしくは、内大臣辺りで、生涯を終えることになろう。そうなれば、我が息子等の将来も閉ざされてしまう。私を養子に迎えてまで、藤原氏の安定を託した良房殿にも、想い人と無理やり引き離してまで、帝の女御《にょうご》に据えた高子にも、申し訳が立たなくなる」

「では、基経殿の替わりはいったいどなたが？」

「考えるまでもない。染殿の太后様に傅《かしず》いておる者等じゃ。日頃から機嫌を取っておる高僧やら、公卿《くぎょう》の誰かを据える気じゃ。いずれにしても、すべての権力は太后様の所に集まる。まさか、あの御方に、そこまでの野心があるとは、微塵《みじん》も思うてはおらなんだ」

基経は肩を落としてかぶりを振った。

「尚侍《ないしのかみ》はどうされるのですか？」

定省王の、義理の母である淑子の思惑も気になった。何よりも、淑子は帝の母として皇太后になりたい筈だ。

「淑子殿は、突然の病に伏せっておられる」

基経は暗い顔を譲に向けた。

「何やら、御心を病んでおられるようじゃ。夜な夜な夢に魘《うな》され、満足に眠ることもできぬらしい。黒矢党も、今は太后《たいこう》が差配しておる」

「しかも」と、基経はさらに話を続ける。

「悪夢に悩まされている者は淑子殿ばかりではない。参議の中にも、病が高じて危うく自死しかけた者もおるらしい」

（これが今の太后の力だ）

と譲は思った。瘴霊《しょうりょう》が明子にさらなる力を与えているのだ。

もはや、一刻も猶予はなかった。鷹取女《たかとりめ》が止めているとはいえ、すでに都は瘴霊の気に満ち満ちている。

「姫は私が取り戻して参ります。それらが、益々人心を狂わせている。染殿の太后も、説得いたしますゆえ」

譲は基経にきっぱりと言った。

「何か、手立てがあるのか？」

基経は不安を露《あらわ》にしている。

「そなたの説得など、あの御方が聞くとは思えぬが……」

むしろ、譲の存在が余計事態を悪化させるかも知れない。基経はそれを懸念しているのだ。

「誰かがやらねばならぬのです。ならば、それは私の役目にございます」

強く言い切って、譲はまっすぐに基経を見た。

「その代り、報酬はいただきます」

譲はまっすぐに基経を見る。

「姫が無事に戻るならば、そなたを謀反の罪に問う事はない。家の者等も解放してやる。それ以外に何が望みじゃ？」

「早々に定省王を太子に立てて下さい。政治はあの御方の意向を尊重した上で行うこと。おそらく有能な側近をお側に置かれますゆえ、民は平安に過ごせましょう」

「わしに、関白の位だけで満足せよ、と言われるのか？」

「染殿の太后の意のままに動かされるよりは、ましか、と……」

ふむ、と基経は考え込み、やがて大きく頷《うなず》いた。

「時機を待てば良かろう」

そんな基経の心の声が、聞こえるような気がした。

其の四　染殿

すでに夜明け前の筈だった。だが、染殿は未《いま》だ夜の闇に包まれていた。庭先に置かれた篝火《かがりび》の周囲だけが、わずかに明るい。まるで、ここは永遠に続く闇の底にあるようだった。

譲は基経から馬を借りると、染殿へ向かって疾駆した。

白鷹《はくよう》はすでに姿を消している。鷹取女の許《もと》へ行ったのだろう、と思った。譲の脳裏に、渦から流れ出る瘴霊と戦う鷹取女の姿が浮かんだ。

銀色のよく撓《しな》る綱も、蜘蛛《くも》の巣のように華奢《きゃしゃ》に見えた。鷹取女は、必死の形相で綱を支えている。その周囲を無数の鷹が飛び交い、流れ出る細い黒雲の筋を、その翼で切り裂いていた。綱は今にも切れそうだった。

意識を眼前に向ければ、幾人もの黒装束の男たちがいた。黒矢党の名の通り、彼等の矢の先は、ズラリと譲に向けられている。

「無用な殺生はしとうない。ただちに引けっ」

譲は声を上げた。だが、黒矢党はギリギリと弦を引き始める。

——操られている。そなたの声は聞こえてはおらぬ——

虚神が言った。

その途端、一斉に矢が飛んで来た。縦横無尽に風を引き裂くような音が、耳の奥まで貫くようだ。

譲は太刀を抜き放つと、飛んで来る矢を次々に払い落としながら、屋敷の庭を突っ切って走る。

木々の枝葉を揺らして、頭上から刃《やいば》が襲って来る。体当たりでぶつかって来る敵に、地に倒されながらも、太刀を振るって、なんとか体勢を立て直す……。

周囲から突き出される刃の切っ先を躱《かわ》しながら、階を駆け上った譲は、目の前の扉を蹴破《けやぶ》って、部屋の中へと走り込んだ。

「よくぞ、ここまで参った」

黒衣の女がそこにいた。部屋の空気が重苦しく、気力を振り絞っていないと、今にも圧し潰《つぶ》されそうな気がした。

譲は思わず片膝《かたひざ》をついた。太刀を床に突き立てて倒れそうな身体を支える。

譲は両足に力を込めて、ゆっくりと身体を起こすと、黒衣の女に視線を向けた。

譲の記憶に残るそのままの姿だ。藤原明子は、老いを忘れたかのような冷たい美貌《びぼう》でそこにいた。

「勇気だけは褒めてやろう」

明子の声は地の底から湧いて来るようだ。

「まさかここへ来るのに、手ぶらという訳ではあるまい。密詔を渡して貰《もら》おう」

「その前に、あなたが我が屋敷から連れ出した姫をどうされたのか、教えていただきたい」

「姫？」と言ってから、ふっと鼻先で笑う。

「身体は姫でも、魂は為斗という娘のものであろう」

明子は淡々とした口ぶりで言った。感情を無理やり抑え込んでいるように見える。

今、その心中を占めているのが、譲への怒りなのか、憎い相手の命を再び握っていることへの喜びなのかは分からない。

「魂は別人でも身体は姫のもの。密詔はお渡しいたしますゆえ、どうか姫をお返し下さい」

「わらわが基経の娘を、どうにかするとでも思うておるのか？」

確かに基経と太后は、たとえ義理であっても、姉と弟だ。太后が姪《めい》に手を出すとは思えない。

「わらわが質に取ったのは、為斗の魂じゃ」

それが何よりも、譲の心を傷つけることを知っているような口ぶりだった。

「私はあなたの言葉に従った。母を殺されてなお、恨む気持ちはありませぬ」

本当は憎悪の限りをぶつけたかった。あの時は、ただ怖れるばかりで何一つできなかった。今ならば、恨み言の一つでも言える筈《はず》であったのに……。

なぜか、そうする気にはなれなかった。

「そなたの存在そのものが、わらわを苛立《いらだ》たせる」

明子は譲を睨《にら》みつけると、悪意の塊のような声で言い放った。

「主上は、わらわの目を盗んで夏萩の許へ通った。主上の寵《ちょう》を得ているとも知らず、寝所に訪れるよう夏萩を使いにやったこともある。夏萩が孕《はら》むまで、わらわは何も知らなかった。主上も夏萩も、わらわをないがしろにして睦《むつ》み合《お》うていたのじゃ」

夜伽《よとぎ》を命じられれば、従わねばならない。それが宮中の女官の役割だった。

「孕んだ夏萩に、わらわは宮中を去るよう申し渡した。暮らしに不自由はさせぬ。生まれた子が男児であれば、いずれ官位にも就けてやろう、と」

夏萩はその申し出を断った。理由は……。

――私が去ってしまえば、主上を御慰めする者がいなくなりまする――

それは、夏萩が権門摂家に逆らった瞬間でもあった。

「なんと生意気な言い草じゃ。身分の低い女が帝《みかど》を慰めるなどと、思い上がりも甚だしいわ」

それが明子の怒りの源であった。

「ましてや、帝は密詔まで夏萩に渡した。夏萩が、それを楯《たて》に、そなたを帝にするやも知れぬというのに……」

太后《たいこう》の黒々とした髪が左右に大きく広がり、背後の闇に溶け込んで行くようだ。部屋の四方に置かれた燭台《しょくだい》の蠟燭《ろうそく》の炎が、風もないのにゆらゆらと揺れている。瘴霊《しょうりょう》の黒雲が天井や壁から滲《にじ》むように漂い出て、太后の周囲を覆っているのが分かった。

「私は、帝位を望んではおりませぬ。密詔はここにございます。お渡ししますゆえ、為斗の魂をお返し下さい」

明子は瘴霊に操られる人形のようなもの……。

（心が弱かったゆえに、瘴霊の宿主になったというが……）

困惑する譲の胸の内に、虚神の声が言った。

――瘴霊の正体を見極めるのだ――

「私の命が欲しければ差し上げます。それで、あなた様の御心が安らぐならば……」

と、譲が言った時だ。

突如、太后の眦《まなじり》が跳ねあがった。

「そなた、わらわを憐《あわ》れんでおるのかっ」

太后の長い髪が、炎となって燃え上がったような気がした。

譲はじっと太后の顔を見つめた。

譲は物心がついた時には、すでにあの万里小路の屋敷にいた。宮中で過ごしていた頃のことなど、微塵《みじん》も覚えてはいない。

太后は、譲が五歳の折に突然屋敷に現れ、母の命を奪って行った女だった。冷たく整った顔が、鬼女のように見えたのを覚えている。

不思議なことに、改めて見る太后の顔には、どこか頼りなげな寂しさがあった。藤原の姫に似ていると思った時、譲はあることに気が付いた。

(もしや、これが、この方のもう一つの顔なのではないか)

それは明子の重顔であった。

「あなた様が、その心の奥底で憎み続けていたのは、母でも私でもなかったのですね」

太后は怪訝《けげん》そうに譲を見た。譲は言葉を続けた。

「憎んでおられたのは、藤原氏そのものだったのです。藤原良房の娘として生まれたがゆえに、あなた様の運命は決まってしまった。主上の女御《にょうご》となり、男児を産み、その御子《みこ》が帝位に即かれ、あなた様は皇太后となられた」

太后は不満の色をその顔に浮かべる。

「そなた、時を稼いで、生き延びる算段でもしておるのか？」

「太后様の人生は、すべて藤原良房殿や基経殿のためのものであって、御自身のものではなかったのではありませぬか？」

「私は皇太后となり、さらには太皇太后《たいこうたいごう》となった。この後は、この国のすべてを手中に収める。もはや基経にも、口出しはさせぬ」

「それで、満足されるのですか？」

「何が言いたい？」

「あなた様が、そのような生き方をされれば、誰よりも文徳帝が悲しまれます」

「知った風な口を利くっ」

次の瞬間、太后から激しい風が吹き寄せ、譲の身体は押し戻されそうになった。

「帝は、私よりも夏萩を愛したのじゃ。私の身を案ずる筈はないではないかっ」

怒りがさらに瘴霊を引き寄せている。太后の姿はもやは完全に闇に呑まれたように黒々とした影に見えた。

「夏萩が帝を奪《うば》うたのじゃ。あの下賤《げせん》な女が……」

腹立たしげに、さらに太后は言い放つ。

譲は声を張り上げていた。

「母がいなければ、他の女が寵愛《ちょうあい》を受けていたでしょう。主上は、あなた様が藤原氏の女であったゆえに遠ざけられたのです。もし、良房殿の娘でなかったならば、主上はあなた様を深く愛された筈……」

「言うなっ。そなたの口から戯言《ざれごと》など聞きとうないわっ」

部屋中の瘴霊が、渦を巻き始める。譲は懐から扇を取り出すと、太后に向かってそれを投げていた。扇は一瞬宙で動きを止めると、ひらひらと太后の胸元へ落ちたのだ。

「欲しがっておられた密詔です。どうかお受け取り下さい」

密詔と聞いて、一瞬、太后の力が弱まった。

ふいに周囲の空気が変わり、太后はその手で扇を広げた。

「話に聞いてはおったが、まこと、これは帝の詔。しかも、そなたを帝位に即けよとの、御遺言じゃ」

太后の顔には、どこか悲しげな色が浮かんでいる。己の目で見たことで、もはや文徳帝の意志だと、認めるしかなくなったのだろう。

「これでよう分かった。帝の御心が夏萩にあったことが……」

太后は震える手で、扇を引き破ろうとした、まさにその時だ。譲は何かで頭を殴られたような気がした。

（そうか、分かった）

それは、文徳帝の残した恋文の本当の意味だ。

「お待ち下さい。大切なのは、その裏面にございます」

譲の言葉に、太后の手が止まった。訝《いぶか》しそうに扇を返し、書かれていた和歌に視線を走らせる。

「恋文ではないか」

冷たい眼差《まなざ》しが譲に向けられた。

「そなたの母への恋文を私に見せて、どうしようというのじゃ」

再び怒りが太后を支配していく。

「それは、母へ贈った歌ではございませぬ」

強い口ぶりで譲は言った。

「命尽き　星となりゆく身なれども　恋うる想いは満ちし月かも」

譲は声に出して歌を詠む。

「その歌に、母を表す言葉は入ってはおりませぬ。帝が母に贈る歌ならば、『萩』を詠まれまする」

母の遺品にあった、文徳帝より贈られた和歌を見たことがある。歌には、必ず萩の花が詠み込まれていた。

太后は言葉を失ったように、茫然と譲を見つめている。

「『命尽き』の『尽き』は、満月と同じ『月』。また『星』には『日』が……。『日』と『月』ならば、明子、太后様のことではありませぬか」

——己の命が尽き、星となっても、そなたを想う心は満月のように輝いている——

この恋文は、まさに文徳帝が明子に向けて詠んだ歌であった。

「ならば、何ゆえ、その文をそなたの母に託したのじゃ」

太后は信じられぬというようにかぶりを振った。

「しかも、夏萩は文を隠し、私の目に触れさせようとしなかった」

「あなた様にとっては、片方は受け入れても、今一方は、受け入れがたいものだった筈《はず》」

「これがわらわへの恋文ならば、差し出すのが筋というもの」

太后は密詔の存在を知ってから、夏萩を幾度も問い詰めた。

「知らぬ、と繰り返すばかりで、認めようとはせなんだ」

「密詔が、私の命を危うくするものだと分かっていたからです」

――これには惟忠の命運がかかっております。惟忠にとって良い物になるか悪い物になるか、見極められるまで、表には出さぬ方が良いのです――

その時の夏萩の心の内を想うと、譲は母が哀れになった。

密詔と恋文……。一方は夏萩の子のための文、今一つは明子への想いを籠《こ》めたもの。この二つの文を一つの扇に仕立てて、夏萩に委《ゆだ》ねた文徳帝の本心はなんであったのだろうか。

これを明子へ渡せば、密詔の本意が消されてしまいかねない。別にしてしまった場合も、やはり明子や基経の手に入れば、闇に葬られてしまっただろう。

密詔が明子への恋文と共に在る限り、帝《みかど》の想いが消されることはない、そう考えた結果であったのだ。

夏萩は無欲な女であった。だからこそ、帝の信頼を得ることができた。密詔は、譲に残された父の愛情でもあった。

夏萩には、恋文が明子へ贈られたものだと分かっていた。帝から託された文を明子に渡すにしても、惟忠の身の安全は保障されなければならない。

夏萩なりに、時機を待つつもりだったのだろう。せめて、惟忠が成人するまで……。

だが、明子の嫉妬《しっと》心が、それを許さなかった。

元々、文徳帝が明子を遠ざけたのは、藤原良房の支配から逃れるためであり、決して明子を嫌っていたわけではなかった。だが、帝はそれを明子に伝えぬまま、この世を去った。夏萩を信頼し、委ねた恋文は、父が子の行く末を想って書いた密詔が仇《あだ》となり、言わずの樹の下に隠されてしまった。

「わらわは、藤原氏の娘じゃ。権門の家に生まれた責任がある」

太后《たいこう》の声が弱々しく聞こえる。その心が大きく揺らいでいるのが、譲にも感じられた。

「摂関家としての誇りもある。たかが受領《ずりょう》の娘と同じに扱われるなど不愉快なだけじゃ。だが、その扇が私の許《もと》にあれば……」

言いかけた太后の顔に、その時迷いの色が浮かんだ。

密詔を燃やせば、帝の恋文も消えてしまう。文を残せば、密詔も残る……。

「父のため、家門のために生きて何が悪い」

太后の眼差《まなざ》しにはもはや自信は欠片《かけら》も見えない。その言葉を一番疑っているのは、太后自身なのだろう。

「基経殿の姫君は、鳥になることを夢見ておられます」

太后の顔に怪訝《けげん》そうな色が浮かんだ。

「魂を白鷹《はくよう》に乗せて、空を飛んでいたことが忘れられぬそうです。きっと、何ものにも囚《とら》われず、心のままにいられたのでしょう」

「愚かなことを……」

太后は声を上げて笑った。その声がどこか空々しく響く。

「権門の家に生まれた娘の運命《さだめ》など決まっておる。帝の女御となり、男児を産み……」

ふいに太后の声が小さくなった。

「その子は、いずれ帝となる。そうなれば皇太后の地位が待っておる」

ただそれを繰り返すのみ……。藤原氏に生まれた姫たちの、それが宿命であった。

太后の声音には、たとえようもない虚《むな》しさが表われている。

「それのどこに、幸せがあるのだろう？」

太后の唇から、自問の言葉が漏れていた。

「あなた様も、鳥になりたいと思うたのではありませぬか」

譲は問いかけた。

「思うままに、好きな時に好きな所へ、飛んで行きたかったのではありませぬか」

太后は何も言わない。

「母を縛るものは何もなかった。母は大空を舞う鳥のように生きていた。だから、美しく、眩《まぶ》しかった。主上の心を捕えるほどに……」

怖ろしいほどの静けさが、譲と太后の周りを包んでいる。

「あなた様があれほど母を憎んだのは、主上の心を奪ったからではありませぬ。母は自ら何も欲せず、望みもしなかった。ただ、人を心から愛しただけだ。あなた様は、そんな母の生き方が羨《うらや》ましかったのです」

唇の端を苦しげに歪《ゆが》めた。

「何ゆえ、私が羨ましがらねばならぬ。私は、欲しい物は何でも手に入れることができた。昔も、今も……」

「ならば、あなた様の望みはすでに叶《かな》っている筈です」

譲はなおも言葉を続ける。

「母はあなたの手で命を絶たれ、私は帝位などとはかけ離れた場所で生きています。あれから後、あなた様の邪魔をする者など誰もいなくなり、望む物はすべて手中にされた。藤原氏が基経殿によって、さらに確かな地位を得ようとしている今、あなた様は、すでに立派に家門を守られたのではありませぬか？」

太后の身体が小刻みに震え出した。明らかに、何かと戦っているようだ。

「どうか妄念をお捨て下さい。その密詔にはもはやなんの力もない。私が消して差し上げます」

譲は太后が手にしている扇を指差した。

——虚神、力を貸せ——

祈るように念じた瞬間、扇は青い炎を上げて燃え出していた。炎の中に文字が浮かび上がる。文徳帝と良房の花押の入った詔だ。その文字が見る見る内に消えて行くのだ。

やがて炎が収まり、扇の面には恋文だけが残った。

床に落ちていた扇を譲は拾い上げた。それを丁寧に畳むと、譲はその場に立ち尽くしている太后の前に跪《ひざまず》いた。

「主上よりお預かりした恋扇《こいおうぎ》を、母に代って、この惟忠が太皇太后様《たいこうたいごう》にお届けいたします。まことに遅うなりましたこと、どうか慈悲を以てご容赦下さりませ」

捧《ささ》げ持つ扇に向かって、太后の手が伸びて来た。たおやかな女人の手は、譲の眼前でしだいに年老いて行った。

震える手が扇を取った。それをしっかりと胸に抱きしめた太后の髪は、すでに半白に変わり、顔には衰えが表われていた。

艶《つや》を失った肌を、涙が伝った。

(老いてなお、この御方は美しい……)

譲は心からそう思った。

扇を大事そうに抱いて、太后は床に倒れ伏した。

その時だった。突如、轟音《ごうおん》がして、建物が激しく揺れ始めた。戸という戸が、弾《はじ》けるように微塵《みじん》に砕け、風が渦を巻いて吹き込んで来た。

途端に、外の喧騒《けんそう》が、譲の耳を突き刺した。

外は乱戦の最中にあった。黒矢党が味方同士で争っているのだ。黒雲が辺りに流れ込み、争う者たちを、さらに殺戮《さつりく》に駆り立てているようだ。

「ここにいたのか」という声が聞こえた。

声のした方を見ると、鷹取女《たかとりめ》の姿があった。

「封印が破られた。玄兎と山守は、岩長姫の館《やかた》を守るので手一杯だ」

鷹取女の両腕では、切れた綱の残存が風に煽《あお》られ揺れている。

「瘴霊《しょうりょう》が一気に都へ流れ込み、心を乗っ取られた人々が、互いに争い始めた」

盗賊は己の欲望のままに、都中を荒らし回っているという。さらに戦いの欲望に駆られた武士たちが、刃を抜いて斬り合いを始めた……。

「争乱を抑える筈《はず》の役人も、もはや己の職務を忘れておる」

鷹取女は譲に告げた。

「太后から瘴霊は外れた筈だが……」

譲は困惑して、床に倒れている明子に目をやった。

鷹取女の目が鋭く光った。素早く部屋の中を見回してから、鷹取女は天井に向かって銀色の綱を投げつけた。

螺旋《らせん》を描いて飛んだ綱が、何かを捕えた。何やら黒い雲の塊が綱に搦《から》め捕られている。

それはたちまち大きく膨らみ、今にも屋敷の天井を突き破りそうになった。

それは瘴霊を吸い込んで、さらに大きく育とうとしている。鷹取女の綱が、今にも切れそうになっていた。

「正体を見定めよっ」

鷹取女が譲に向かって叫んだ。

譲は黒雲を見つめた。そこには幾つもの顔が現れては消えていた。この国の長い歴史の中で、いかに多くの者たちが、無念の死を遂げて来たことか。それらの死魂は、なおこの世に留《とど》まろうとし、恨みの念は人の世に災いを為そうとする。

魔道山がそれを止めて来た。鬼渦に封印し、この世に生きるもの、すべての営みを守り続けて来たのだ。

（しかし、何ゆえ、瘴霊は明子の念に取り憑《つ》いたのだ？）

そう思った時、気霊の声が聞こえた。

――都を滅ぼそうとする強い念に、鬼渦の瘴霊が力を与えた。皆、人の世に恨みを抱いている。しかも、その死魂の持ち主は、生前、強い験力《げんりき》を持つ者であった――

（では、明子に関わった何者かが……）

父親の良房共々、明子を恨む者は多いのではないか、そう思われた時だ。

（強い験力……。では、僧侶か）

染殿において、太后は黒衣に身を包み、日々経文を唱える日々だったと聞く。その周囲に侍っていたのも、黒衣の僧侶等だった。

おそらく、それらの読経《どきょう》は、都の滅亡を願うための呪詛《じゅそ》であったのだ。

目を凝らせば黒雲の中に、一人の僧侶の姿が浮かび上がっている。顔はすでに骸骨《がいこつ》さながらで、二つの目には黒い炎が燃えていた。

「真済僧正の、あれが成れの果てか……」

惟仁親王の立太子において、祈禱《きとう》争いを繰り広げた、惟喬親王の護持僧だ。良房の策謀により争いに負け、都から姿を消した僧侶だ。

――あの者は我が山で自ら命を断った――

（魔道山で……）

――藤原氏への恨み事を吐きながら、自ら刃《やいば》を胸に突き立てて……――

岩長姫も言っていたではないか。

いつぞや、一人の僧侶の死魂が、この谷に来た……。

(真済は、魔道山がどういう所か、知っていたのだ)

「真済、己の姿を知れっ」

譲は真済の瘴霊に向かって呼びかけた。

「それが、そなたの仏道の果てか。己の魂を鬼渦へ落とすほどの価値が、藤原の者にあるというのか」

返事は、まさに獣の咆哮《ほうこう》だった。

「私の綱が、もうもたぬぞ」

鷹取女が急かすように言った。

キリキリと綱は引き延ばされ、今にも千切れそうになっている。

──もはや救えぬ。今こそ、我に力を貸せ、惟忠──

「気霊の力、私に見せてくれ、虚神っ」

叫んだ瞬間、譲の全身が熱くなり、眩《まばゆ》い光が黒雲に向かって飛び出して行くのが分かった。

パシッと強い輝きを放ち、雷鳴にも似た音が、幾度も響いた。それが、まるで瘴霊の断末魔の声に聞こえる。黒雲の中に浮かぶ無数の顔には、男ばかりか女のものもあった。そのほとんどが、政権から追われたり、ありもしない罪を着せられ、失脚した者たちなのだ。

明子の父、藤原良房という人物に関わるだけでも、なんと多くの恨みの念が生み出されたことか……。

娘は明子しかおらず、甥の基経を養子にしなくては後継者すら持てなかった、良房。その彼が、摂政の地位を得るために取ったあらゆる権謀術数を考えると、譲は背筋が寒くなるような思いがした。

譲の眼前に、大きな渦があった。しだいにその存在が薄くなり、やがて遠くなって行く雷鳴の音と共に消えて行った。

見ると、明子は放心したように、床の上に座り込んでいた。その胸には、あの扇がしっかりと抱きしめられていた。

其の六　虚神

姫は屋敷の一番奥の部屋にいた。瘴霊の気に当てられたせいか、意識がなかなか戻らない。姫を抱いて染殿の庭に出ると、すでに夜が明けようとしていた。

周りには、生き残った黒矢党の者等が、放心した様子で座り込んでいる。

そこへ、藤原時満が左近衛府《さこんえふ》の衛士《えじ》を率いて現れた。おそらく、夜の間中、都の争乱の中を駆け回っていたのだろう。髷《まげ》も解《ほど》け、顔は疲れ切っている。

「無事であったか」

譲を見て、時満の顔が輝いた。安堵《あんど》したように譲の許《もと》へやって来る。

「基経殿から、染殿へ向かうよう命令を受けた」

それから視線を譲の腕に落として、「姫は、どうされたのじゃ」と案ずるように尋ねた。

「眠っておられる。目覚められたら屋敷にお連れすると、基経殿に伝えてくれ」

姫は無事に取り戻したが、まだ魂は為斗のままだ。

「時満殿。中に太后様がおられます」

屋敷に入っていた衛士が、そう声をかけた。

「女官を呼んで、気付けの薬湯を飲ませて差し上げよ」

譲は衛士に言った。

時満と別れた譲は、為斗が目覚めるのを待った。鷹取女には、姫を連れて戻るよう真継に言伝《ことづて》を頼んだ。

日差しが差し込む頃、為斗はやっと目を開いた。梅雨の最中にしては、珍しく晴れた日だった。

目を開くと、為斗は慌てたように譲から離れた。

「お怪我の具合は？」と心配そうに聞いて来る。

黒矢党と争った時の傷が、身体のあちこちにあった。気が抜けたせいか、忘れていた痛みが蘇《よみがえ》って来た。

「すぐにお屋敷に戻って手当をせねば……」

為斗は自分のことよりも、譲の身を真っ先に案じていた。

「手当よりも、そなたを元の身体に戻すのが先だ。姫のままでは、抱きしめる訳にも行かぬゆえ」

譲の言葉に、為斗は困惑したように首を傾げた。

「分からぬか。今のそなたは、まだ、虚姫だ」

あっと小さく声を上げた為斗は、顔を赤らめて俯《うつむ》いた。

為斗と共に馬を駆り、屋敷に戻ったのは、昼を過ぎた頃だった。許されたのか、すでに家人《けにん》や郎党等は屋敷に戻っていた。

「湯殿の用意をさせます」

さっそく為斗が譲の世話をしようとする。

「そのご様子では、あまりにもひどうございます」

確かにそうだ、と譲は笑った。

その夜、鷹取女が真継と姫を連れて戻って来た。白蛙老《はくあろう》が馬を返してくれたのだという。姫とはいえ、身体は為斗だ。馬にも充分乗れたらしい。

鷹取女が再び案内を買って出たようだ。迷うどころか、里への道は驚くほど近かったと、真継は驚いていた。

譲は魔道山の様子を尋ねた。瘴霊《しょうりょう》は再び鬼渦へ戻った。玄兎と山守等が、山中を駆け回って、瘴霊の気の流れを止めたのだという。

「そろそろ戻らねばなりませぬ」

譲は為斗の中の姫に言った。

「お父上も待っておられます」

譲は気霊の力で二人の魂を入れ替えると、朝になるのを待って、姫と共に、太政大臣《だいじょう》の屋敷へ行った。

姫が再び元の姿で戻って来たことが、基経はよほど嬉《うれ》しかったようだ。言葉に詰まり、涙ぐんでいる。その顔は、さすがに父親の顔だった。

「此度《こたび》の働《うま》き、まことに御苦労であった」

基経は上手く事が運んだことに満足しているようであった。染殿の太后が、別人のように大人しくなったことが、何よりも喜ばしいのだろう。

今となっては、わざわざ譲に謀反の罪を被《かぶ》せる必要もなくなった。

「それで密詔は、いかがした？」

やはり立太子の件が気になるようだ。

「そのような物は、もはやこの世にはございませぬ。太子には、定省王様を立てられますように」

「わしは、そなたを推しても良いのじゃぞ？　姫をそなたの妻にして……」

「私の妻はすでに決まっておりまする。それに、定省王様が帝位に即かれた折には、ぜひ、側にお仕えしたいと思うております」

藤原氏は油断がならない。せめて、民のために帝《みかど》が善政を施せるよう、自ら務めたいと思った。何よりも、それが鬼渦の瘴霊を封じることにもなる。

魔道山に守らねばならぬ理《ことわり》があるように、人の世にも理がある。それを乱せば、また悲劇が起こる。そのような世を厭《いと》うばかりでは、何も始まらない。譲もまた人である限りは、逃げてばかりもいられなかった。

何よりも、譲が人の世に残るのを望んでいるのは、虚神であった。

――我はそなたと共にいたい。我を受け入れよ。そなたの心に……――

新しく交わした約束には、続きがあった。

――我は、人の世を知りたいのだ――

譲の脳裏に、魔道山への出立の日のことが蘇って来た。人の身体を得て、虚神はそれは楽しそうだった。

――我はもっと人を知りたい――

（私に生ある限り、それも良かろう）

譲は承知した。

「改めて申し上げたきことがございます」

最後に譲は顔を上げると、まっすぐに基経の顔を見た。

「私の妻となる女人は、蝦夷《えみし》の出自にございます。今後、蝦夷とやまとの間に、いかなる諍《いさか》いが起こりましょうとも、一切の手出しは、無用に願います」

きっぱりと言い切った譲の態度に、それまで傲慢《ごうまん》とも見えた基経の顔に、明らかに怯《おび》えの色が走ったのが見えた。

それは、源譲という一武官の中に、何かの存在を感じた瞬間であったのかも知れない。

深夜、屋敷に玄兎が訪ねて来た。

「別れを言いに来たのではないぞ」

玄兎は譲に念を押す。

「岩長姫も白蛙老も、それに閻王も、皆、お前が山へ来るのを待っている」

いつでも戻って来い、と玄兎は言った。

「魔道山はお前のためなら道を開く。何しろ、お前は気霊《けみ》を連れているのだからな」

そこへ鷹取女《たかとりめ》が現れた。

「お前は山へ戻らぬのか？」

玄兎が尋ねると、鷹取女はかぶりを振った。

「この者から礼を貰《もら》うまでは帰らぬ」

鷹取女は強い視線を譲に向ける。

「約束であったな」

そう言いながらも、譲は不安になった。

（誰ぞの魂をよこせ、などと言わなければ良いのだが……）

そんな譲の胸の内が分かったのか、にやりと笑って玄兎は立ち去って行った。

鷹取女が譲を連れて行ったのは、かつて夏萩の部屋であった東の対屋《たいのや》であった。

「これが欲しい」と、目を輝かせて鷹取女は言った。どうやらすでに屋敷中を見て回っていたようだ。

鷹取女が示したのは、夏萩の筝《こと》だった。

糸が十三本もある、というのが、気に入った理由らしい。

「弦が二本切れておるぞ」

繋《つな》がねば奏でられまい、そう言おうとして、譲は思わず声を上げそうになった。切れていた筈《はず》の「為」と「斗」の弦が、知らぬ間に繋がっていたのだ。

「美しい箏じゃ。音色も良い」

鷹取女はバランと音を鳴らすと、満足そうに箏を抱いて、その姿を消した。


翌朝、目覚めた時、なんだか長い夢を見ていたような気がして、譲は戸惑いを覚えた。だが、身体に刻まれた生傷の数々に、やはり夢ではなかったのだと思い直した。

譲の身支度のため、為斗が水を張った角盥《つのだらい》を運んで来た。いつもと同じであって、どこか違う。気力は身体の奥から漲《みなぎ》り、母の胎内から産まれたばかりの赤子のように、今にも大きな声で叫びそうになった。

(私は新たに生まれたのだ)

そう思えた。魔道山を母として、源譲という男は再び生まれ直したのだ。

「そなたに話したいことがある」

譲は為斗を自分の前に座らせた。

為斗の顔には不安の影が見える。まるで、譲が何を言おうとしているか分かっているかのようだ。

「私は妻を持つことにした」

一呼吸おいて、為斗の様子を窺《うかが》った。為斗は何かを決意したように譲を見上げた。

「覚悟はできております。奥方様のお世話をせよと言うのなら、そういたします。故郷へ戻れと言われるのならば、そのように……」

ふいに為斗の目から涙が溢《あふ》れた。為斗は慌てて立ち上がろうとする。譲はその手を捉えて引き戻した。

「妻は、そなただ。ここにいる為斗だ」

よほど驚いたのか、為斗の涙が止まった。

「魔道山にいた時、私はそなたを失うのが怖かった。これほどに人を想うたのは初めてだ」

「譲様と共にいたのは、私ではなく、虚神です」

為斗はそう言って、寂しそうな笑みを見せた。

「虚神が為斗の姿であったからこそ、私は心強かったのだ。私はそなたの家族を奪《うば》うた男だ。どうか許して欲しい」

「許すことなどできませぬ」

為斗はゆっくりとかぶりを振った。

「では、どうすれば良いのだ」

「お側にずっと置いて下さいませ。どのようなことがあっても、決して離さないでくださいませ。為斗はどこへでもお供いたします。戦場でも、魔道山でも。私は、譲様を……」

譲は思わず為斗を抱きしめた。

「心よりお慕いしております」

為斗の囁くような声が、譲の耳元で聞こえた。

為斗が足音も軽く出て行くと、譲は改めて角盥を覗《のぞ》き込んだ。

見慣れた男の顔がそこにある。少し痩せたようだ。その時、譲はあることに思い至った。

(私は、虚神の本当の顔を知らぬ)

初めて会った時、虚神は白鷹《はくよう》であった。その次は、藤原の姫の顔をしていた。さらには為斗の顔になり……。

「これがあなたの顔か……」

水に映る男に向かって、譲は呟《つぶや》いた。

(これが、虚神の顔なのだな)

その時、何もないのに水面《みなも》が揺れ、虚神の声が言った。

――いかにも。我はそなたの内に在る――
我は魔道山を統べる神霊、気霊にして、虚神なり、と……。

【参考文献】

『新装版　怨霊の宴』鈴木哲・関幸彦（新人物往来社）
『在原業平――雅を求めた貴公子』井上辰雄（遊子館　歴史選書）
『王朝貴族物語　古代エリートの日常生活』山口博（講談社現代新書）
『平安京と王朝びと　源氏物語の雅び』村井康彦監修　京都新聞出版センター編（京都新聞出版センター）
『日本の時代史19　蝦夷島と北方世界』菊池勇夫編（吉川弘文館）
『京都の歴史10　年表・事典』京都市編（學藝書林）

本書は書き下ろしです。

うつろがみ

平《へい》安《あん》幻《げん》妖《よう》秘《ひ》抄《しょう》

三《み》好《よし》昌《あき》子《こ》

令和2年 2月25日　初版発行

発行者●郡司 聡

発行●株式会社KADOKAWA
〒102-8177　東京都千代田区富士見2-13-3
電話　0570-002-301(ナビダイヤル)

角川文庫 22046

印刷所●株式会社暁印刷
製本所●本間製本株式会社

表紙画●和田三造

ISBN 978-4-04-108906-4　C0193

◇◇◇

角川文庫発刊に際して

角川源義

第二次世界大戦の敗北は、軍事力の敗北であった以上に、私たちの若い文化力の敗退であった。私たちの文化が戦争に対して如何に無力であり、単なるあだ花に過ぎなかったかを、私たちは身を以て体験し痛感した。西洋近代文化の摂取にとって、明治以後八十年の歳月は決して短かすぎたとは言えない。にもかかわらず、近代文化の伝統を確立し、自由な批判と柔軟な良識に富む文化層として自らを形成することに私たちは失敗して来た。そしてこれは、各層への文化の普及滲透を任務とする出版人の責任でもあった。

一九四五年以来、私たちは再び振出しに戻り、第一歩から踏み出すことを余儀なくされた。これは大きな不幸ではあるが、反面、これまでの混沌・未熟・歪曲の中にあった我が国の文化に秩序と確たる基礎を齎らすためには絶好の機会でもある。角川書店は、このような祖国の文化的危機にあたり、微力をも顧みず再建の礎石たるべき抱負と決意とをもって出発したが、ここに創立以来の念願を果すべく角川文庫を発刊する。これまで刊行されたあらゆる全集叢書文庫類の長所と短所とを検討し、古今東西の不朽の典籍を、良心的編集のもとに、廉価に、そして書架にふさわしい美本として、多くのひとびとに提供しようとする。しかし私たちは徒らに百科全書的な知識のジレッタントを作ることを目的とせず、あくまで祖国の文化に秩序と再建への道を示し、この文庫を角川書店の栄ある事業として、今後永久に継続発展せしめ、学芸と教養との殿堂として大成せんことを期したい。多くの読書子の愛情ある忠言と支持とによって、この希望と抱負とを完遂せしめられんことを願う。

一九四九年五月三日

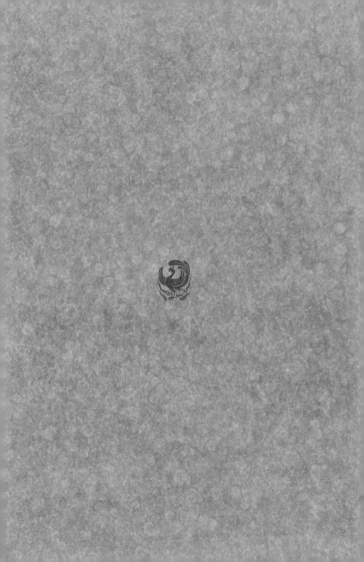